Winfried Bruckner

Die toten Engel

Ravensburger Buchverlag

Lizenzausgabe
als Ravensburger Taschenbuch
Band 58026
erschienen 1997
Erstmals in den Ravensburger
Taschenbüchern erschienen 1976
(als RTB 361)

Die Originalausgabe erschien 1963
im Verlag Jungbrunnen, Wien
© 1963 Verlag Jungbrunnen, Wien

Umschlag: Init GmbH, Bielefeld

**Alle Rechte dieser Ausgabe
vorbehalten durch
Ravensburger Buchverlag
Otto Maier GmbH**

Printed in Germany

**Die Schreibweise entspricht den Regeln
der neuen Rechtschreibung.**

2 3 4 5 6   08 07 06 05 04

ISBN 3-473-58026-0

www.ravensburger.de

1 Sie kamen die Orlastraße herunter, und ihre Gesichter waren grau vor Müdigkeit. Die Kinder hatten aufgehört zu weinen. Sie torkelten vorwärts, die Köpfe gesenkt. Sie sahen nur ihre Beine und die schmutzige Straße darunter. Wenn eines hinfiel, dann blieb es einen Herzschlag lang liegen und schloss die Augen und dachte, es liege in einem Bett, bis es hochgerissen, wieder auf die Beine gestellt wurde. Kein Wort fiel dabei. Die Männer in diesem Zug schleppten Bündel auf ihren Schultern, ein paar der Frauen bewegten lautlos ihre Lippen, als führten sie ein Gespräch mit sich selbst.

»Nachschub«, sagte Pavel Kaufmann, »Friedhofsnachschub, was, Doktor?« Pavel Kaufmann war einer jener Leute, die täglich die Toten aus dem Getto führten, aus dem Stadtteil, in dem nur Juden lebten. Sie hatten hölzerne Karren; sie legten die Toten übereinander, um mehr wegführen zu können. Es wurden täglich mehr Tote, und die Leute, die die Karren zogen, wechselten schnell.

»Für Sie ist der Tod ziemlich alltäglich, Pavel«, sagte Doktor Lersek, »aber ich habe mich noch nicht daran gewöhnt.«

Sie standen nebeneinander, den Rücken gegen die Mauer eines baufälligen Hauses, und sahen zu, wie die müden Menschen an ihnen vorbeigingen.

»Haben Sie eine Ahnung, Pavel, woher sie kommen?«

Pavel Kaufmann grinste. »Woher werden sie kommen, Doktor? Aus irgendeinem Dorf. Am Morgen kommen die Nazis und trommeln die Bevölkerung zusammen: ›Die Juden marschieren in zwei Stunden ab. Wer zurückbleibt, der wird erschossen. Wer einen Juden versteckt, der wird auch erschossen!‹ Und dann laufen die Juden durcheinander, die Mütter suchen ihre Kinder, und die Kinder plärren, und die Alten stehen da und schauen in die Luft und beten, dass irgendein Wunder geschehe.«

»Und geschieht manchmal ein Wunder?«

Pavel Kaufmann spuckte aus: »Manchmal glückt es einem, sich zu verstecken. Das ist doch ein Wunder, was? Die Deutschen zertrümmern Wohnungseinrichtungen, durchschnüffeln Keller und Dachböden, und trotzdem gelingt es dann und wann einem, sich zu verstecken. Also ein Wunder. Bald zieht der Zug los. Die Deutschen schlagen ein paar Männer blutig, damit schneller marschiert wird, ein paar Frauen weinen, weil sie keine Milch für die Kinder haben.«

»Und das Wunder?«, fragte Dr. Lersek hartnäckig.

»Einer hat sich versteckt«, sagte Pavel bedächtig, »und die Deutschen haben ihn nicht gefunden. Aber manchmal laufen ihnen ein paar Dorfbewohner nach und flüstern ihnen zu: ›Da ist noch ein Jude versteckt, den müssen Sie mitnehmen. Er ist zwar unser Nachbar, und er hat uns nie etwas getan, und es ist uns nie besonders aufgefallen, dass er Jude ist. Aber er ist doch einer, und Sie müssen ihn mitnehmen ins Getto. In ein Getto, bei dem die

Mauern drei Meter hoch sind. Und wenn er versucht, wieder hinauszukommen, dann müssen Sie ihn erschießen.‹ «

»Das ist kein Wunder«, sagte Dr. Lersek, »das geschieht so oft, dass es nicht der Rede wert ist.«

Ein Junge stolperte auf sie zu: Seine Augen waren geschlossen, es schien, als schlafe er im Gehen. Er taumelte gegen die Beine des Doktors.

»Du wirst mich noch umrennen«, sagte Dr. Lersek. Der Junge hatte schmale Schultern, und Augen, von Müdigkeit wie verklebt.

»Entschuldigen Sie«, sagte er müde. Ein Mädchen schob sich an seine Seite. Es war vielleicht vierzehn, mager, seine Figur eckig. Das Haar hatte es zu zwei dünnen Zöpfen geschlungen.

»Wir sind seit drei Tagen unterwegs«, sagte es, »und Michel hat kaum geschlafen. Das ist Michel, mein Bruder. Sie hat gesagt, ich soll auf ihn aufpassen, wenn wir nach Warschau kommen.«

»Wer hat das gesagt?«

»Mama. Wir haben sie unterwegs verloren. Aber wir werden sie hier treffen.«

»Dann ist es ja gut«, sagte Pavel Kaufmann. Der Junge hatte sich gegen die Beine des Doktors gelehnt und schlief.

»Und wie heißt du?«, fragte Dr. Lersek.

»Wanda Bronsky. Und das ist Michel Bronsky.«

»Dann versuche in der nächsten Straße rechts abzubiegen«, sagte Doktor Lersek. »Dort ist eine Schule. Vielleicht kommt ihr dort unter, wenn ihr nicht zu viel Platz braucht. Sag ihnen, Dr. Lersek hat dich geschickt, und er wird sie alle vergiften, wenn sie dir nicht einen ordentlichen Platz geben.«

»Danke«, sagte Wanda. Sie fasste Michel Bronsky bei der Hand und zog ihn hinter sich her. Ihre Hände waren ein wenig zu groß, und die Schultern machten scharfe Ecken. Aber sie würde einmal hübsch werden.

»Komisch«, sagte Dr. Lersek, »diese Kinder sind wie Vögel. So ein Vogel kann tagelang mit gebrochenen Flügeln herumhüpfen, aber wenn er einen sicheren Platz gefunden hat, steckt er den Kopf zwischen die Flügel und schläft. Kinder sind genauso. Wahrscheinlich hat er seit ein paar Tagen nichts Ordentliches gegessen. Und lehnt sich an meine Beine und schläft.«

»Die halten das nicht lange aus«, sagte Pavel Kaufmann ruhig, »haben Sie die Schultern gesehen? Ich wette, in zwei Wochen sind sie verhungert. Sie tun ihnen keinen Gefallen, wenn Sie ihnen einen Platz zum Schlafen geben, Doktor. Schlaf ist kein Mittel gegen Hunger.«

»Aber gegen Flecktyphus.«

Pavel sah ihn herausfordernd an. »Immerhin sind ein paar tausend im letzten Monat an Flecktyphus gestorben«, sagte er, »und die haben massenhaft geschlafen.« Er fletschte die Zähne. »Oder meinen Sie den Schlaf nachher? Wenn man schon tot ist? Der Tod ist ein ganz gutes Mittel gegen Flecktyphus.«

»Gehen wir ein Stück«, sagte Dr. Lersek. Sie gingen die Orlastraße hinauf, und noch immer kamen ihnen Leute entgegen. Ein alter Mann hielt Pavel Kaufmann am Rockaufschlag fest. Er hatte ein verhungertes Raubvogelgesicht und kurzsichtige Augen.

»Wo kann man denn hier wohnen?«, fragte der Alte, und neben ihm streckte ein runzeliges Weiblein den Kopf vor, um besser hören zu können.

»Wohnen?«, sagte Pavel. »Was soll es denn sein? Vier Zimmer oder sechs? Mit oder ohne Balkon?«

»Wir hatten ein Häuschen in Plenked«, sagte der Alte ratlos, »dreißig Jahre haben wir dort gewohnt, und dann haben sie uns weggeholt. Und alles haben sie kaputtgemacht. Mit den Stiefeln sind sie in die Betten gesprungen, und mit den Gewehrkolben haben sie meinen Bücherschrank zerschlagen.«

»Das ist uns allen einmal passiert«, sagte Pavel Kaufmann, »seien Sie froh, dass man nicht Ihre Kinder erschlagen hat.«

Die beiden Alten standen da, und sie sahen aus wie zwei armselige Vogelscheuchen, denen man ihr Feld gestohlen hat.

»Ich will auch arbeiten«, sagte der Alte, »nur meine Frau ist ein wenig krank. Sie hustet schon seit zwei Jahren, und der Arzt hat gesagt, sie soll sich sehr schonen.«

»Im ganzen Getto finden Sie keinen Platz mehr, wo Sie ein Dach über dem Kopf haben«, sagte Pavel Kaufmann, »in jedem Zimmer sind dreißig Menschen.«

»Aber man kann uns doch nicht auf der Straße schlafen lassen«, flüsterte der Alte ratlos, »meine Frau ist doch krank.«

»Man wird Sie nicht danach fragen«, sagte Pavel Kaufmann. Die alte Frau begann zu weinen, das Schluchzen schüttelte ihren mageren Körper.

»Ich werde die Krankheit meiner Frau melden«, sagte der Alte, »man kann sie doch nicht auf der Straße schlafen lassen.«

»Hunderttausend schlafen auf der Straße«, sagte Pavel.

»Vielleicht versuchen Sie es einmal in der Schule«, sagte Dr. Lersek. »Sagen Sie, Dr. Lersek hat Sie geschickt.«

»Das ist sehr freundlich von Ihnen«, sagte der Alte, »und ich weiß gar nicht, wie ich mich revanchieren kann.«

»Bleiben Sie am Leben«, sagte Pavel Kaufmann, »das ist für einen Doktor immer der beste Trost.«

Lersek lachte. Die beiden Alten sahen ihn dankbar an. Der Mann hatte einen Arm um seine Frau gelegt und half ihr vorsichtig weiter, mit dem anderen zerrte er an einem Bündel Bettwäsche.

»Sie sind unverbesserlich, Doktor«, sagte Pavel. Sie bogen in die Milnastraße ein. »Warum kümmern Sie sich um Leute, die ohnehin sterben müssen? Was glauben Sie, wie lange die beiden noch am Leben sein werden?«

»Keine Ahnung«, sagte Lersek unbekümmert. »Wenn sie bis hierher gekommen sind, dann sind sie immerhin zäh.«

»Zäh. Sie haben sich gesagt, sie müssen bis Warschau kommen. Die ganze Zeit haben sie das ihrem Körper vorgesagt, und der hat das Letzte aus sich herausgeholt. Aber jetzt sind sie da. Und jetzt sind sie fertig. Der erste Windstoß wirft sie um.«

Es wurde rasch dunkel. Die Dunkelheit erstickte das Leben im Getto. Draußen, außerhalb der Mauern, ging das Leben weiter. Hier ging man zeitig zu Bett. Die Menschen waren den ganzen Tag auf den Beinen. Sie liefen von einer Straße zur anderen, um irgendwelche Verwandte zu suchen. Sie fragten Bekannte nach ihrem Bruder oder nach ihrer Frau. Manchmal verloren sie die Hoffnung aus ihren Gesichtern, aber ihre Beine trugen sie weiter, von Gasse zu Gasse, bis sie einen neuen Bekannten trafen und nach ihren Verwandten fragen konnten. Und der Hunger trieb sie, wie die Katzen über das Pflaster zu laufen und auf jenes kleine Wunder zu warten, das manchmal den Magen füllte.

»Sie sind sehr hart, Pavel«, sagte Dr. Lersek.

»Ich führe Leichen«, sagte Pavel Kaufmann, »jeden Morgen.

Männer, die einen Schuss abbekommen haben, weil sie versucht haben, für ihre Kinder etwas zu essen zu bekommen. Und verhungerte Frauen. Und Kinder, die so mager sind, dass man sie mit einem Finger hochheben kann.«

»Aber Sie haben nicht immer Leichen geführt, Pavel«, sagte Dr. Lersek.

»Ich war Maler«, sagte Pavel Kaufmann bitter. Er lachte. »Und wissen Sie, was ich gemalt habe? Ganz zarte Bilder. Blumen und Bäume. Als ob Blumen und Bäume wichtig wären. Ein Idiot war ich, und das ärgert mich. Es wäre besser gewesen, Fleischhauer zu sein. Dann hätte ich mich wenigstens früher voll fressen können. Es muss ein herrliches Gefühl sein, sich voll zu fressen.«

Rebekka Garnick wusch sich in einem Trog die Hände. Sie lächelte ihnen zu. Rebekka hatte Musik studiert, bevor man sie ins Getto gebracht hatte. Sie hatte ein Gesicht, in dem die Backenknochen ein wenig vorstanden, und helles, weiches Haar.

»Doktor«, sagte sie.

»Waren Sie einmal so satt, dass Ihnen der Bauch wehgetan hat?«, fragte Pavel Kaufmann.

Rebekka lachte. »Warum fragen Sie das?«

»Nur so. Ich erinnere mich, als Junge habe ich einmal zwölf Stück Kuchen gegessen. Mir war so übel, dass ich geglaubt habe, ich sterbe. Und dabei saß ich mitten zwischen zwei alten Tanten und ihren Besucherinnen, Lehrerinnen und Krankenschwestern. Jedes Mal, wenn ich aufstehen wollte, hat man mir gesagt, ich könne ruhig noch Kuchen haben, und hat mir den Teller gegeben.«

»Sie müssen ein reizendes Kind gewesen sein«, sagte Rebekka und wischte die Hände an ihrem Kittel trocken.

»Dann habe ich mich übergeben«, sagte Pavel Kaufmann, »mitten zwischen den Lehrerinnen. Ganz grün sind sie im Gesicht geworden, und keine hat sich gerührt. Es war still wie in der Kirche.«

»Ein paar neue Transporte sind gekommen«, sagte Rebekka. »Haben wir gesehen«, sagte Pavel, »das Getto wird noch platzen. Wo man hingeht, liegen die Leute auf der Straße. Übrigens, wenn ich mich recht erinnere, war unter den Lehrerinnen und Krankenschwestern auch eine Klavierlehrerin. Sie wollten doch Klavierlehrerin werden, Rebekka?«

»Ja«, sagte sie abweisend, »und ich wollte sogar einmal Konzerte geben. Ist das nicht zum Lachen? Konzerte. Die Leute sitzen da und haben nichts anderes zu tun, als der Musik zuzuhören.«

Lersek sah sie verlegen an. »Wissen Sie, dass es hier sogar irgendwo ein Klavier gibt?«, sagte er. »Sie könnten uns vorspielen.«

»Ich spiele nicht mehr«, sagte sie abweisend. »Oder soll ich Totenmärsche spielen?«

»Jan Lersek«, sagte Pavel Kaufmann breit, »der Mann, der im Getto Konzerte hören will. Sie sind zu sentimental, Doktor. Wissen Sie, Rebekka, was er heute getan hat? Er hat vier neue Leute in die Schule geschickt. Dabei ist dort nicht einmal mehr Platz für eine Maus ohne Schwanz.«

»Vier Leute? Es wird einen Aufstand in der Schule geben.«

»Und wissen Sie, was für Leute? Zwei Kinder und ein altes Ehepaar, das sich kaum mehr auf den Beinen halten konnte.«

»Die Frau war krank«, sagte Dr. Lersek verlegen, »und die Kinder brauchen ein Dach über dem Kopf.«

»Ist auch egal«, sagte Pavel Kaufmann begütigend, »hinaus kommt so und so keiner mehr. Einer stirbt früher und der andere später. Wir werden auch einmal drankommen. Aber satt möchte ich dabei sein. So satt wie bei den Kuchen.«

»Ich möchte noch eine Runde machen«, sagte Dr. Lersek. Es war nun fast vollständig dunkel. »Kommen Sie mit, Rebekka?«

»Wenn Sie wollen. Ich muss später noch nach den Kindern sehen.«

»Und Sie, Pavel?«

»Soll ich Kranke ansehen? Ich sehe Tote genug. Ich frage mich überhaupt, warum ich so oft mit Ihnen zusammenkomme. Wenn man mit Ihnen wenigstens über Essen reden könnte. Oder über Kochen. Können Sie kochen, Rebekka?«

Sie gab ihm lächelnd die Hand. »Wenn wir hier jemals herauskommen, lade ich Sie ein. Ich koche Ihnen, was Sie wollen.«

»Leere Versprechungen. Weil wir hier sowieso nicht mehr herauskommen. Und wenn, dann sitzt bestimmt Lersek bei Ihnen und redet über Flecktyphus. Es ist besser, ich sehe mich beizeiten nach etwas Essbarem um. Haben Sie schon gegessen?«

»Ich habe keinen Hunger«, sagte Rebekka.

»Wie wäre es mit Gulyás? Und hinterher Eiscreme und Torte?«

Lersek sah Pavel Kaufmann prüfend an. Er sah blass aus, und schwarze Ränder klammerten sich um seine Augen.

»Legen Sie sich hin«, sagte er. Pavel Kaufmann tippte gegen den Rand einer unsichtbaren Mütze.

»Vergessen Sie den Nachschub nicht, Doktor«, sagte er. »Ich fahre nicht gern mit einem halb vollen Karren.« Er schlenderte die Straße hinunter.

Rebekka ging langsam neben Lersek. Manchmal berührten sich ihre Ellenbogen.

»Jan?«, fragte sie leise.

»Glauben Sie, dass Pavel ein guter Maler geworden wäre?«

»Vielleicht. Jedenfalls wäre er nicht Leichenträger geworden, nur um am Leben zu bleiben. Wahrscheinlich wären Sie auch eine gute Pianistin geworden und ich ein guter Arzt, Zahnarzt, oder Tierarzt für die kranken Hunde alter Klavierlehrerinnen.«

Sie lachte.

»Jan«, sagte sie, »Pavel wäre also ein guter Maler geworden?«

»Wenn er nicht zufällig Jude wäre«, sagte er hart.

»Aber warum hat ihm Gott dann das Talent gegeben? Da wäre es besser gewesen, er hätte keinen Juden aus ihm gemacht, und er wäre Tischler geworden oder Beamter oder weiß Gott was.«

»Und? Gegen Gott kann man keinen Streik ausrufen. Auch wenn man an ihn glaubt.«

»Aber Sie glauben doch an ihn?«

Sein Gesicht verhärtete sich. »Hör mal«, sagte er, »hören Sie gut zu, Fräulein Rebekka Garnick. Ich glaube an den Hunger. Und ich glaube an den Flecktyphus. Und ich glaube an dieses verdammte Getto, in das man uns gesperrt hat, obwohl wir nichts getan haben. Und ich mache mir meinen Reim darauf.«

Ihr Gesicht glitt wie eine weiße Scheibe durch die Dunkelheit. Ein Mann rannte die Gasse hinunter, und ein zweiter rannte hinter ihm her. »Er hat mir mein Brot gestohlen«, keuchte er.

»Sie stehlen einander das Brot«, sagte Lersek, »dadurch lebt der eine einen Tag länger, der andere einen Tag weniger. Es ist wie bei einem Feuer. Man kann ein Scheit nicht in zwanzig verschiedene Feuer legen und sie dadurch alle brennen lassen.«

Aus den Toren der Häuser hörten sie das Jammern der Kinder. So viele Kinder auch starben, immer gab es in der Dunkelheit Stimmen.

»Ich habe Hunger«, weinte ein Mädchen. Man konnte es nicht sehen, aber man wusste, wie es aussah. Alle sahen sie so aus, mit Armen wie Bleistifte, die Bäuche vor Hunger geschwollen. »Ich habe einmal eine Geschichte gelesen«, sagte Rebekka, »da kam ein hungriges Mädchen vor, und es war Weihnachten, und das Mädchen fror und verhungerte. Ich habe damals schrecklich geweint, als ich es gelesen habe. Aber jetzt kann ich nicht mehr weinen.«

»Man gewöhnt sich daran«, erwiderte Lersek, »Pavel Kaufmann sagt das immer. Man gewöhnt sich so lange, bis man selbst verhungert ist, und man merkt es gar nicht. Es soll ganz leicht sein.«

»Haben Sie bemerkt, dass die Jungen hier genauso weinen wie die Mädchen? Der Hunger macht die Stimmen ganz gleich.«

»Solange sie noch weinen können, sind sie am Leben«, sagte Dr. Lersek laut. In den Haustoren schwiegen die Stimmen einen Augenblick erschrocken. Dann weinten sie von neuem.

Im Krankenhaus brannten nur wenige Lichter. Die Kranken lagen auf dem Boden, und am Morgen war es schwierig, zu unterscheiden, wer noch am Leben war.

Benek Borkenbach wartete auf sie.

»Na, Rebekka?«, sagte er. »Sie besuchen uns auch wieder? Wir sind auf Besuch nicht eingestellt. Wir hätten Ihnen Blumen aufgestellt, das schwöre ich Ihnen.«

»Schwören Sie nicht«, sagte Rebekka, »ich wette, Sie treiben eines Tages wirklich Blumen auf.«

»Wenn das Krankenhaus geschlossen wird, weil alle Patienten gestorben sind, dann haben Sie im Himmel ein paar tausend Fürsprecher, die mit Blumen bei der Tür auf Sie warten.«

Borkenbach war Fabrikarbeiter gewesen und mit seiner Frau und seiner Tochter ins Getto gekommen. Beide waren an Flecktyphus gestorben. Borkenbach hatte sie zweimal besucht, und Lersek hatte ihm die Todesnachricht überbracht. Borkenbach war im Spital geblieben, als habe er immer hierher gehört. Er war Portier und Hausarbeiter zugleich, und er hatte Lersek bald etwas über die Behandlung von Typhuskranken abgesehen. Er betreute die Kranken wie ein Arzt, und unter seinen Händen starben nicht mehr als bei den Ärzten. Borkenbach hatte die Versorgung des Spitals mit Lebensmitteln übernommen, und auf geheimnisvolle Weise funktionierte sie besser als je zuvor.

»Was Besonderes?«, fragte Dr. Lersek.

»Rebekka ist auf Besuch gekommen. Ist das nichts Besonderes?«

»Ich komme dreimal am Tag«, sagte Rebekka, »und jedes Mal werde ich hier empfangen wie eine Fürstin.«

»Und jedes Mal sagen Sie, Sie haben schon gegessen«, sagte Borkenbach böse. »Dabei werden Sie immer magerer. Wie ein Besenstiel sehen Sie schon aus. Jawohl, wie ein Besenstiel.«

Sie gingen vorsichtig durch den Turnsaal. Ein paar Männer setzten sich auf und sahen ihnen nach. In der Dunkelheit sah man das Weiße ihrer Augen. Eine Frau begann zu schreien.

»Delirium«, sagte Borkenbach kurz, »sie schreit nach ihrem Sohn.«

»War der Sohn da?«

Borkenbach zuckte die Schultern.

»Machen Sie Licht«, sagte Lersek.

Die Frau sah sie aus verschwommenen Augen an. Ihr Gesicht war schmal und hart.

»Sie haben mir meinen Sohn weggenommen«, flüsterte sie.

»Ich bin der Arzt«, sagte Dr. Lersek, »Dr. Jan Lersek. Sie haben mich doch schon gesehen.«

»Sie haben ihn mir weggenommen«, sagte sie trotzig. Ihre Hände zuckten wie nervöse Fische. Sie hatte Mühe zu sprechen.

»Sie müssen ruhig liegen«, sagte Lersek.

»Ich will nicht ruhig liegen, wenn mein Sohn nicht bei mir ist«, sagte sie. Sie begann zu weinen. »Dov«, weinte sie, »Dov, wo bist du?«

»Hat sie zu essen bekommen?«

Borkenbach nickte.

»Glauben Sie das nicht«, sagte eine heisere Stimme hinter Lersek. Es war ein Mann, auf dessen Gesicht seine Brille tiefe Eindrücke hinterlassen hatte.

»Warum soll ich das nicht glauben?«

Der Mann duckte sich unter der scharfen Frage. »Weil ich weiß, was gespielt wird.«

»Und was wird gespielt?«

»Sie essen alles selber«, flüsterte der Mann, »noch bevor das Essen zu uns kommt, haben sie die Hälfte gegessen. Weil wir nicht so viel essen dürfen. Wir haben ja den Typhus. Deshalb schneiden sie von den Broten die Hälfte ab. Wir bekommen nur ganz dünne Brote, und die Suppe ist nur Wasser. Und dann kommt noch das andere.«

Rebekka sah ihn aus großen Augen an. »Sagen Sie es.«

»Wenn man sein Brot nicht festhält«, flüsterte der Mann,

»dann wird es gestohlen. Sie kriechen in der Nacht umher und reißen dir das Brot weg. Wer es nicht fest genug halten kann, dem wird es weggenommen. Deshalb sterben auch die Kinder zuerst, weil man ihnen das Brot wegnimmt. Weil sie keine Kraft in den Fingern haben. Und wenn sie sich auf das Brot legen, dann werden sie weggeschoben, so, wie man ein Bündel Fetzen wegschiebt.«

»Halten Sie den Mund«, sagte Dr. Lersek grob.

»Man hört sie in der Nacht schmatzen«, keuchte der Mann, »nicht, wenn man schläft. Aber wer schläft hier schon? Und wenn man aufpasst, dann geht es die ganze Nacht so. Man hört ihre Zähne, wie sie in das Brot beißen, und man hört es krachen und schmatzen.«

Die Kranken waren erwacht. Sie lagen da, und ihr keuchender Atem schien durch den Saal zu wehen.

»Sie bekommen so viel zu essen, wie wir haben«, sagte Dr. Lersek.

»Und Sie, Sie essen alles selber. Und die Frau da kommt dreimal am Tag und frisst sich voll.«

Lersek wandte sich scharf an Rebekka. »Gehen Sie«, sagte er, »gehen Sie schon.«

Er sah Rebekka nach, wie sie behutsam über die Kranken stieg, und er hörte die Kranken flüstern.

»Das haben wir davon«, sagte Borkenbach, »das geht den ganzen Tag so. Draußen wären sie wahrscheinlich längst verhungert. Aber hier liegen sie und wollen ewig leben.«

Im Flur brannte eine schmutzige Lampe. Rebekka stand beim Fenster und sah in die Nacht. »Da bauen sie eine Mauer um uns und stellen Wachtposten auf, und die Sterne sind hier genauso wie überall. Man könnte genauso auf einem Luxusdampfer sitzen, und sie wären nicht anders.«

»Es tut mir Leid, Rebekka«, sagte Dr. Lersek.

»Glauben Sie, dass man die Sterne auch mit Stacheldraht einzäunen kann?«

»Das Licht würde auf jeden Fall durchkommen«, sagte er.

»Das ist gut«, sagte sie, »und das von vorhin ist unwichtig. Wir sind in einem Spital, und die Leute haben Hunger. Sie wissen nicht, was sie reden.«

»Das ist es«, sagte Borkenbach, »in dieser Zeit weiß niemand, was er redet.« Er fuhr sich durch sein schütteres Haar. »Jetzt wird Rebekka überhaupt nichts mehr essen.«

Eine Schwester ging rasch vobei. »Gleich zwei Tote oben«, sagte sie, »und kein Mensch hat etwas gesagt. Sie haben ihre Essensrationen bekommen und waren schon tot. Und die anderen haben gewartet, bis wir es merken, und haben die Portionen genommen. Eine Schweinerei ist das.« Sie eilte davon und stieß am Eingang mit Pavel Kaufmann zusammen.

»Ah«, sagte er, »läuft mir direkt in die Arme. Die Kleine muss spüren, dass Pavel Kaufmann etwas zu essen gebracht hat.« Er sah Borkenbach feindselig an. »Wie die Geier warten sie auf Beute«, sagte er grinsend. »Ihr seid keine Ärzte und keine Krankenschwestern und weiß Gott was noch, sondern ihr seid Totenzähler.« Das Wort gefiel ihm. »Eins, zwei, drei, wie bei Kinderreimen. Ihr zählt sie ab und tragt sie in ein Buch ein. Sonst könnt ihr ohnehin nichts tun. Und der gute Pavel hat die Scherereien mit ihnen.«

»Ich möchte wissen, was Sie hier zu tun haben«, sagte Borkenbach böse.

»Jeder kümmert sich um seine Geschäfte«, sagte Pavel freundlich, »und ich gehöre auf den Friedhof, was?«

»Sie machen die Leute zu unruhig. Kranke sind empfindlich.«

»Sieht man mir meinen Beruf schon an?«

Er zog ein schmales Zeitungspaket aus der Tasche. »Wisst ihr, was das ist?«, fragte er.

»Spielen Sie nicht Weihnachtsmann«, sagte Borkenbach.

»Eine Rübe«, sagte Pavel Kaufmann, »eine echte Rübe, was sagt ihr dazu?«

»Fantastisch«, sagte Rebekka.

»Eine Stunde habe ich gebraucht, um sie zu bekommen. Können Sie Rüben kochen, Rebekka?«

»Nein.«

»Meine Mutter kochte einen traumhaften Pudding«, sagte Pavel traurig, »und dieses Mädchen kocht nicht einmal Rüben. Wir sollten heiraten.«

»Wieso heiraten?«, fragte Rebekka erstaunt.

»Ich könnte Bilder malen, und Sie könnten Klavier spielen.«

Sie lachte. Ihre Vorderzähne hatten ein wenig zu große Zwischenräume. »Wir würden einen herrlichen Tod haben, Pavel.«

»Leute wie ich sterben nicht«, sagte er überzeugt, »da haben Sie die Rübe. Meinetwegen machen Sie den Kindern eine Suppe. Wie viel sind es jetzt?«

»Zwölf. Und danke für die Rübe.« Sie steckte sie vorsichtig in die Tasche und sah Pavel dankbar an.

»Wissen Sie, was ich jetzt möchte?«, fragte er.

»Nein.«

»Pudding. Für mich und Ihre zwölf Kinder. Morgen werden es ein paar mehr sein. Es sind neue gekommen.«

»Ich weiß. Aber einmal müssen die Transporte doch aufhören.«

»Die hören nie auf«, sagte er. »Wenn die Nazis keine Juden mehr finden, dann werden sie anfangen, die Neger einzusperren. Und dann die Rothaarigen und Sommersprossigen. Die Nazis müssen immer irgendjemanden einsperren und blutig schlagen. Übrigens wollte ich mit euch sprechen.«

»Los, Pavel«, sagte Lersek.

»Warum sperrt ihr das Spital nicht zu?«, fragte Pavel. »Darüber denke ich die ganze Zeit nach. Ob die Leute zu Hause sterben oder im Spital, ist doch egal.«

»Manche bringen wir durch«, sagte Borkenbach.

»Manche kommen auch draußen durch. Gegen den Hunger kommt ihr nicht auf. Wenn sie den Typhus überleben, dann sterben sie vor Hunger. Warum das alles?«

Lersek sah an ihm vorbei. »Ich bin Arzt«, sagte er. »Und Borkenbach hat seine Familie hier verloren. Er ist dankbar, wenn er jemanden durchbringt.«

Pavel Kaufmann zündete sich eine Zigarette an. Seine Hände zitterten. »Hört zu«, sagte er langsam. »Habt ihr schon einmal darüber nachgedacht, was mit uns allen geschehen wird?«

»Das weiß niemand«, sagte Lersek.

»Doch«, sagte Pavel heiser, »das weiß jeder. Jeder hier. Die Deutschen haben uns ins Getto gebracht, damit wir sterben, an Typhus, an den Läusen, an Hunger oder an der Pest. Was weiß ich. Und wenn wir nicht freiwillig sterben, dann werden sie nachhelfen. Ich pfeife darauf, Menschen ein paar Monate am Leben zu erhalten, damit sie die Deutschen dann umbringen können. Jawohl, ich Pfeife darauf. Das ist Idiotie.«

Lersek hatte ihm aufmerksam zugehört. »Und du,?«, fragte er. »Warum hängst du dich dann nicht auf? Warum frisst du deine Rübe nicht selbst und gibst sie den Kindern?«

Pavel Kaufmann blickte ihn herausfordernd an. »Ich bin ein Idiot«, sagte er, »sonst hätte ich früher auch nicht Blumen gemalt. Aber ich sehe es nicht gern, dass andere Leute genauso kindisch sind wie ich.«

Die Schwester kam zurück. Ihre Augen waren rot. Sie hatte lange nicht geschlafen. Sie war erst seit kurzem im Spital, und nachts, wenn die Kranken schrien, in seltsam hohen Tönen, wenn sie flüsterten, dass es klang, als wehe der Wind dürres Laub hoch, lag sie wach und lauschte hinüber in die Säle.

»Sie sagten etwas von essen«, sagte sie herausfordernd.

»Tatsächlich?«, fragte Pavel interessiert. »Dann haben Sie den günstigen Augenblick verpasst. Während Sie fort waren, haben wir alles aufgegessen. Ein richtiges Festmahl. Aber Sie werden doch keinen Hunger haben?«

»Sie sind ein schrecklicher Mensch«, sagte sie, »ich dachte, so etwas gäbe es nur im Film.«

»Und im Getto. Im Getto gibt es nur zwei Sorten von Menschen, die Dummen und die Gescheiten. Sie gehören zu den Dummen, und deshalb haben Sie nichts zu essen und lassen sich von den Typhuskranken anweinen.« Er klopfte ihr auf die Schulter. »Nehmen Sie es nicht so tragisch«, sagte er, »in ein paar Wochen habe ich selbst den Typhus und werde daliegen und Sie anjammern. Dann können Sie auch an mir ein gutes Werk tun.«

Sie gingen die Stiegen hinunter auf die Straße.

»Ruhig wie auf einem Friedhof«, sagte Pavel. »Mögen Sie Friedhöfe, Rebekka?«

»Nein«, sagte sie heftig.

»Das ist ein Fehler. Friedhöfe sind in dieser Gegend die einzigen Orte, wo niemand über Hunger jammert.«

»Sie könnten mir helfen«, sagte Borkenbach grob, »wenn Sie zufällig nichts anderes zu tun hätten.«

»Meinetwegen«, sagte Pavel, »gehen wir ein wenig spazieren. Sie erwarten doch sicher einen Ihrer herrlichen Lebensmitteltransporte.«

Borkenbach nickte. Es gehörte zu seinen täglichen Geschäften, irgendwo in der Dunkelheit Leute zu treffen und mit ihnen Geschäfte zu machen.

»Wir erwarten eine Kuh«, sagte er, »aber das ist noch nicht sicher.«

Doktor Lersek sah die Straße hinunter. »Nehmen Sie Rebekka mit«, sagte er, »ich möchte noch einen Augenblick hinüber in die Schule.«

»In Ordnung«, sagte Pavel. »Sollen wir ihr die Kuh zeigen?« Sie nickten einander zu. Lersek ging schnell, und er hörte die anderen leise miteinander reden.

Wenn nur keine Streife kommt, dachte er.

Einmal sprach ihn ein Mädchen an. Es war schmutzig und trug den Arm in einem schwarzen Tuch verborgen. Eines der vielen Kinder, die herumirrten wie die Hunde und nirgends hingehörten, bis man sie eines Morgens tot auf der Straße fand.

»Hunger«, sagte es mutlos, ohne ihn anzublicken, wie es dies hundertmal am Tag und in der Nacht sagte. »Ich habe seit drei Tagen nichts gegessen.«

Lersek blieb stehen. »Die Streife wird dich erwischen«, sagte er.

»Ich habe seit drei Tagen nichts gegessen«, wiederholte das

Mädchen. Es war blond, und der Hunger hatte ihm große Augen gemacht.

»Geh zu Lolek«, sagte Lersek. »Eltern hast du keine mehr, was?«

»Meine Mutter kommt bald zurück«, sagte das Mädchen.

»Sicher«, sagte Lersek, »bestimmt kommt sie bald. Lolek soll sich um dich kümmern.«

»Er nimmt mich nicht«, sagte das Mädchen, »ich bin zu schwach, und der Bauch tut mir weh.«

»Ich werde mit ihm sprechen«, sagte Lersek, »komm morgen ins Spital.«

»Ja«, sagte das Mädchen mutlos, »sprechen Sie mit ihm. Aber ich komme nicht ins Spital.«

»Und warum nicht?«

»Ich will nicht sterben«, sagte das Mädchen. »Mama ist auch im Spital, und sie ist nicht zurückgekommen. Alle sagen, Mama wird sterben.«

»Sie wird nicht sterben«, sagte Lersek. »Komm morgen hin.«

»Man bekommt nichts zu essen dort«, sagte das Mädchen, »ich war schon dort. Nirgends bekommt man etwas zu essen.«

»Lolek wird dich nehmen. Komm morgen ins Spital.«

Lersek spürte, wie das Mädchen ihm ohne Hoffnung nachsah, und er hörte, wie sich die Haustore zu regen begannen. »Früher haben die Kinder um diese Zeit von der Schule geträumt«, dachte er, und er hörte sie wimmern und sah sie undeutlich zusammensitzen und reden, und er wusste, dass sie redeten wie alte Männer und dass sie alles gesehen und alles gehört hatten, was es in der Welt zu sehen und zu hören gibt.

Den alten Bau der Schule hatte man als Notquartier eingerichtet. Die Menschen hockten in den ehemaligen Klassenzimmern beisammen. Am Morgen wuschen sie sich bei den Wasserleitungen auf dem Korridor. Sie hatten keine Scham mehr. Sie entblößten sich, und niemand achtete darauf. Und sie sprachen über die ewigen Gerüchte, die durch das Getto gingen. Sie sprachen flüsternd und lebten in der ewigen Angst vor den Spionen der Deutschen.

Dr. Lersek ging durch den winzigen Garten. Früher hatten Bäume dort gestanden, die man dann verheizt hatte. Nun gab es nur noch die nackte Erde.

Viktor Stein schlief hinter der Eingangstür. Als Lersek eintrat, schrak er hoch. »Nachtvisite«, sagte er.

»Ich möchte mit dir sprechen, Viktor.«

Stein schüttelte den Kopf. »Nicht hier. Gehen wir in den Garten.«

Sie setzten sich auf ein paar Ziegel, die einmal Gartenmauer gewesen waren.

»Ich brauche deine Hilfe«, sagte Lersek, »du kommst doch noch mit den Transportarbeitern zusammen?«

Viktor nickte. Er war viele Jahre lang in der Gewerkschaft der Transportarbeiter gewesen, und die Leute hörten auf ihn. »Willst du etwas über die Mauer bringen?«, fragte er. »Wir haben in der letzten Zeit Schwierigkeiten. Es kommt niemand mehr durch.«

»Der Typhus ruiniert uns«, sagte Lersek. »Er höhlt uns aus. Die Leute werden verrückt.«

»Und? Das geht schon einige Zeit so.«

»Ich möchte etwas gegen den Typhus unternehmen.«

»Ihr habt das Spital! Ist das nicht genug?«

Dr. Lersek suchte nach einer Zigarette. »Ich bin siebenundzwanzig«, sagte er, »und vielleicht ist das mein Fehler. Vielleicht würde ein alter Arzt sagen, da ist nichts zu machen.«

»Und ist etwas zu machen?«

»Vielleicht. Hör zu, Viktor: Was wir jetzt machen, ist, die Kranken aufzunehmen. Wer kommt, wird von uns versorgt. Meistens sind sie schon im Delirium. Wir können ihnen das Leben ein Stück verlängern, das ist alles.«

Viktor hörte schweigend zu. In der Schule rann irgendwo Wasser in einen Behälter. »Eine alte Lehrerin«, sagte er, »sie wäscht sich nur in der Nacht, dass sie ja niemand sieht. Die anderen schimpfen, sie verbraucht zu viel Wasser.«

»Hast du eine Ahnung, Viktor, wie viel Typhusfälle wir in einem Monat haben? Im ganzen Getto?«

»Sie sterben wie die Fliegen. Karrenweise«, sagte Viktor.

»Zehntausend. Oder fünfzehntausend. Wir müssten sie isolieren. Alle. Wir müssen die Läuse bekämpfen und die Flöhe. Wenn wir sie isolieren, können sie niemanden mehr anstecken. Sie dürfen keine Besuche bekommen. Wir lassen sie so lange beisammen, bis die Epidemie vorbei ist.«

Stein stand erregt auf. »Unmöglich«, sagte er, »das ist völlig unmöglich. Wo willst du sie unterbringen? Wir müssten ganze Häuserzüge räumen. Wir müssten absperren. Wir müssten die Angehörigen abhalten. Wir können uns nicht den ganzen Tag mit Frauen herumraufen, die zu ihren Kindern wollen. Und wir können niemanden zwingen, ins Spital zu gehen. Jeder hat das Recht, dort zu sterben, wo er will.«

»Ich habe an deine Leute gedacht«, sagte Lersek, »es sind gute Leute. Sie könnten das organisieren.«

Viktor ging auf und ab.

»Und wie willst du sie versorgen? Fünfzehntausend Leute?«

»Wir haben ihre Essensrationen.«

»Mit denen sie verhungern. Ihre Verwandten werden sie nicht hergeben. Sie werden von uns verlangen, dass wir die Kranken verpflegen. Und wenn erst bekannt wird, dass es bei uns Essen gibt, haben wir das ganze Getto auf dem Hals. Sie fangen uns die Essenstransporte ab. Sie scheren sich einen Dreck darum, ob wir Kranke zu versorgen haben.«

»Du kannst deine Leute einsetzen, Viktor«, sagte Lersek. Sein Gesicht war dunkel vor Müdigkeit. Er verspürte einen leichten Brechreiz und versuchte sich zu erinnern, wann er das letzte Mal gegessen hatte.

»Meine Leute«, sagte Viktor heiser, »weißt du, wozu wir die brauchen?« Er trat dicht an Lersek heran. »Vielleicht rechnen wir mit den Deutschen einmal ab«, sagte er, »vielleicht brechen wir einmal diese Mauern nieder, sprengen sie in die Luft. Vielleicht bekommen wir einmal Gewehre. Und Handgranaten. Und dann brauchen wir diese Leute.«

Sie schwiegen. In einer Seitenstraße hörte man die schweren Schritte von Stiefeln. Ein Auto bremste, und dann schrien ein paar Menschen gleichzeitig, und zwischen den Stimmen brüllte jemand in deutscher Sprache Befehle. Dann war es wieder still.

»Hoffentlich haben sie keine Kinder erwischt«, sagte Lersek.

Viktor rieb seine Zigarette gegen den Stein und sah den Funken nach, wie sie zur Erde fielen und erloschen.

»Ich werde mir die Geschichte überlegen«, sagte er. Lersek versuchte zu lächeln, und es kam ihm selbst lächerlich vor.

»Ich habe dir ein Mädchen geschickt«, sagte er, »mit einem kleinen Jungen.«

Im Haus fiel etwas zu Boden. Jemand fluchte halblaut.

»Sie wollen sie nicht haben«, sagte Viktor, »sie haben gesagt, sie machen nicht mehr mit. Wir sind so voll, dass ein paar auf den Fensterbrettern schlafen. Ich habe sie auf dem Gang untergebracht. Bekannte?«

»Nein. Ich möchte sehen, wie es ihnen geht.«

Ein paar Mal stießen sie an Schlafende. Die Treppen waren voll belegt. Oben lief noch immer die Wasserleitung.

»Schweinerei«, sagte Viktor. »Ich sehe einmal hinauf.« Er grinste. »Die Lehrerin wird mir die Augen auskratzen.«

Lersek sah ihm nach, wie er vorsichtig die Treppen zum letzten Stock hinaufstieg. Da hat er sein Leben lang in Gewerkschaftsversammlungen gesprochen, dachte er, und von Freiheit und Gerechtigkeit geredet, hat daran geglaubt, hat dafür Opfer gebracht. Und jetzt ist er im Getto und darf zuschauen, wie man Kinder verhungern lässt und Frauen mit den Stiefeln in den Bauch tritt. Aber er hat noch nicht aufgegeben, und wenn er seine Chance bekommt, wird er kämpfen wie eine alte Bulldogge. Und wenn er keine Chance bekommt, wenn man ihm keine Gewehre gibt, wird er das nicht überleben, weil er kämpfen muss, weil er noch immer an das glaubt, was er früher geredet hat.

Menschen wie Viktor Stein könnten die Welt aus den Angeln heben, und sie könnten alles Mögliche tun und überallhin den Fortschritt bringen, aber hier hat man ihnen die Flügel gestutzt, und sie können es nicht glauben. Der Typhus kümmert sie nicht, und der Hunger kümmert sie nicht. Sie liegen nur da und warten, bis ihre Stunde gekommen ist.

Er fand Wanda in der dunkelsten Ecke des Korridors. Sie hockte auf dem Boden und hatte die Beine an den Bauch gepresst.

»Alles in Ordnung?«, fragte er und sah undeutlich ihr Gesicht.

»Michel schläft«, sagte sie, »aber er fragt immer nach seiner Mutter.«

Sie freute sich, dass er gekommen war, aber sie konnte es nicht sagen. Sie saß stumm da und sah ihn an.

»Hast du irgendwen, der sich um euch kümmert?«, fragte er.

Sie lachte leise, und ihr Körper verkrampfte sich.

»Wen soll ich haben?«, fragte sie.

»Leute aus eurem Dorf.«

»Die haben genug mit sich selbst zu tun«, sagte sie. »Wissen Sie, dass die Hälfte der Kinder unterwegs gestorben ist?«

Er wusste nicht, was er antworten sollte.

»Man hat sie auf der Straße liegen gelassen«, sagte sie. »Nicht einmal begraben hat man sie.«

Sie hockte zwischen all den Menschen wie ein Stein, den man nicht umwerfen kann. Wie ein Grabstein, dachte er, ein Grabstein für ihren Bruder.

»Du musst auf ihn aufpassen«, sagte er und dachte gleichzeitig darüber nach, was ihn an diesem Mädchen so fesselte. Tausende Kinder waren wie sie, und sie alle suchten ihre Mutter und ihren Vater. Ganz plötzlich löste sich ihre Verkrampfung. Sie begann zu zittern. Lersek spürte, dass sie weinte.

»Wenn du etwas brauchst, komm zu mir«, sagte er hastig. Und er spürte, während er ging, dass es gut war, dass sie weinte.

31

KAPITEL 2

2 Als Erich Schremmer in das Zimmer trat, schlugen ihm grelles Licht und Zigarettenrauchwolken entgegen. Thalhammer saß auf einem Sofa und reinigte seine Fingernägel.

»Du bist dran«, sagte Schremmer. Er hängte das Gewehr über den Haken.

»Der Frühling kommt«, sagte Thalhammer, »er liegt in der Luft. Was los draußen?«

Schremmer schüttelte gleichgültig den Kopf. »Sie sind ruhig wie die Hasen«, sagte er. »Dreihunderttausend Menschen hinter einer Mauer, und sie sind still wie Kirchenbesucher.«

»Wir haben genug zusammengeschossen«, sagte Thalhammer und betrachtete seine Nägel, »das wirkt immer. Wenn man eine gewisse Menge abschießt, werden die anderen vorsichtiger.«

Schremmer angelte nach einem Stuhl und streckte die Beine aus. »Sie singen«, sagte er, »sie singen vor Hunger. Ich habe das schon ein paar Mal gehört. Die Luft ist voll davon. Es ist ein ganz feiner Ton, so, wie Kinder schreien.«

»Sie sind Juden«, sagte Thalhammer, »du darfst bloß nicht anfangen zu glauben, das seien Menschen. Wenn du eine Schachtel voll Fliegen hast, und du horchst daran, hörst du sie auch summen. Tun sie dir deshalb Leid?«

»Nein.«

»Die Juden sind ärger als Fliegen. Schmeißfliegen. Die fühlen sich in dem Dreck ganz wohl. Stephan sagt, wie man sie am Anfang ins Getto getrieben hat, haben sie Ratten mitgenommen. Ratten in Käfigen. Zum Spielen für die Kinder.«

»Pfui Teufel«, sagte Schremmer. Thalhammer war mit den Nägeln fertig. Er steckte die Feile sorgfältig ein und straffte die Hose.

»Glaubst du, dass sie nachdenken?«, fragte Schremmer.

»Wahrscheinlich. Aber sie sollen nur nicht zu viel denken. Wo die Juden auftauchen, beginnt das Unglück, hat mein Bruder immer gesagt. Er war bei der Bank und hatte viel mit ihnen zu tun. Weißt du, dass manche von diesen Kerlen ihre Badezimmer mit Geldscheinen tapeziert hatten?«

»Heute Abend waren zwei Kinder am Tor«, sagte Schremmer, »kein Mensch sieht, dass es Judenkinder sind.«

Thalhammer hatte ein pickeliges Gesicht. Jahrelang hatte er versucht, die Pickel fortzubekommen, die Mädchen waren ihm ausgewichen. Wenn er allein war, versuchte er verschiedene Mittel dagegen, und manchmal wurde sein Gesicht rot wie nach einem Dampfbad.

»Judenfrauen bekommen Kinder wie die Ratten«, sagte er. »Die überschwemmen die Welt mit lauter kleinen Juden. Dabei tragen sie die Nasen hoch, als wären sie weiß Gott was. Machen mich krank, diese Judenfrauen mit ihren Kindern.«

Er stieß die Türe auf und sah hinaus. In ein paar Schritten Entfernung lag die Gettomauer. Juden hatten sie gebaut, von Aufsehern dazu mit der Peitsche angetrieben. Ein endloser schwarzer Wurm von einer Mauer schlang sich um das Getto. Manchmal hörte man das Lachen eines Wachsoldaten.

»Ich wette, die haben schon wieder Mädchen drüben«, sagte Thalhammer heiser. »Haben nichts anderes im Kopf als Mädchen und ihr schmutziges Vergnügen, und in der Zeit kriechen schon wieder ein paar Juden über die Mauer. Wie die Hamster sind sie. Säcke voll Lebensmittel bringen sie herein.«

Er nahm das Gewehr hoch. Der Lauf ragte in die Dunkelheit. Schremmer erinnerte sich dabei, als Kind ein Bild gesehen zu haben. Der deutsche Soldat auf Wache, und hinter ihm die drohende Dunkelheit, in der die Feinde lauerten. Aber das Gesicht des Deutschen hart und verschlossen, und über ihm die Sichel des Mondes. Und er dachte gleichzeitig an die Gesichter der beiden Kinder.

»Verdammt«, sagte er laut.

Zu Hause saßen sie vielleicht gerade beim Kaffee. Und natürlich sprachen sie wieder einmal über ihren Jungen, der draußen in Polen war und mit dem Feind kämpfte. Mit dem Feind, der Jude hieß und ein hungriges Kindergesicht hatte.

3 Nach Mitternacht verdunkelte sich der Himmel. Der Wind brachte einen unangenehmen, eiskalten Regen. Er hüllte das Getto in einen schmutzigen Schleier, der bis zu den toten Schornsteinen reichte. In den Gassen krochen die Menschen enger zusammen. Sie sprachen nicht darüber. Wenn Regen kam, rückten sie zusammen und duckten sich unter die Mauervorsprünge. Sie hassten den Regen, weil sie wussten, dass er ein Bruder des Todes war. Aber sie wussten auch, dass durch den Tod jeden Tag ein paar Plätze in den Häusern frei wurden, und sie ließen die Tore nicht aus den Augen.

Es war wie eine Verabredung. Wenn die erste Leiche aus einem Haus getragen wurde, folgten wie auf Kommando die anderen. Die Männer, die diese Arbeit verrichteten, sahen sich dabei nicht um. Sie legten die Leichen gerade so weit vom Hause weg, dass man durch das Tor gehen konnte, und sie schämten sich, dass sie den Toten entkleidet hatten, aber sie brauchten seine Kleider, weil sie froren und weil man sie gegen Lebensmittel tauschen konnte.

Wenn irgendwo die Träger mit einem Toten erschienen, stürzten zuerst die Kinder los, um den freien Platz im Hause zu bekommen. Aber sie kamen nicht weit, denn die Träger stießen sie zurück. Aber die Kinder kamen immer von neuem und hatten ernste Gesichter, und sie weinten nicht, wenn man sie stieß. Sie gingen erst zurück, wenn die Erwachsenen kamen. Im Hause hatten sich die Bewohner rasch breiter gemacht, und sie schrien und versuchten, die Neuen hinauszuwerfen.

Die ersten Totenkarren rumpelten durch die Straßen. Die Männer hatten es nicht eilig. Mit einer Bewegung, die sie hunderte Male ausgeführt hatten, hoben sie den Toten an Armen und Beinen hoch und warfen ihn auf den Karren. Ihre Gesichter waren bewegungslos.

Pavel Kaufmann arbeitete beim zweiten Karren. Der Regen lief über seinen Nacken und sammelte sich unter dem Kragen. Abrasha Blau, der neben ihm ging, hatte seit zwei Tagen Fieber. Der Puls hämmerte gegen seine Schläfen. »Langsamer, Pavel«, sagte er und klammerte sich an den Rand des Karrens.

»Es ist der Regen«, sagte Pavel, »es ist nur der Regen.«

Blau blickte ihn dankbar an. »Am liebsten möchte ich mich auf den Karren legen«, sagte er, »nur eine Minute.«

»Nicht daran denken«, sagte Pavel, »wenn man daran denkt, wird alles ärger. Das Ärgste ist, wenn man darüber nachdenkt. Dann möchte man sich wegführen lassen.«

Er warf eine Frau auf den Karren und sah, dass Blau erbrechen musste.

»Es geht schon allein«, sagte er, »ich komme allein durch.«

»Warte«, sagte Blau leise, »ich bin gleich soweit.« Er lehnte an der Mauer, und seine Beine gaben langsam nach.

»Du darfst nicht fallen«, sagte Pavel. Blau sah ihn aus wässrigen Augen an.

»Los«, sagte Pavel laut, »los, verdammt noch einmal. Ich kann nicht alles allein machen. Wenn jeder von uns liegen bleiben würde, wären die Straßen voll. Typhus zu kriegen ist einfach. Zu einfach, Abrasha. Es muss auch jemand dasein, der die Leichen fortbringt.«

Blau zuckte zusammen und zog sich mühsam hoch. Ein Junge sah ihn aufmerksam an. Seine Augen waren starr vor Neugier, als betrachtete er ein interessantes Tier.

»Stirbt er?«, fragte der Junge.

»Niemand stirbt«, sagte Pavel grob und warf ein Kind auf den Karren, dem man ein rotes Band zwischen die steifen Finger gegeben hatte.

»Das ist Judith«, sagte der Junge. »Wir haben ihr ein Band mitgegeben, damit wir sie am Jüngsten Tag wieder erkennen.«

»Verdammter Unsinn«, sagte Pavel.

»Am Jüngsten Tag werden so viele nackte Kinder aus dem Getto kommen, dass man sie gar nicht wieder erkennt«, sagte der Junge. Abrasha erbrach von neuem, sein Gesicht war schneeweiß. Pavel ließ den Karren stehen und ging zu ihm hinüber. Die ersten Lichtstrahlen trieben suchend über den Himmel.

»Abrasha«, sagte er.

»Es ist der Typhus«, sagte Abrasha.

»Und wenn schon. Wir bringen dich ins Spital, und in ein paar Wochen ist alles vorbei.«

Abrasha lächelte schwach. »Ich habe zwei Kinder, Pavel«, sagte er, »vielleicht wirst du sie einmal treffen. Sag ihnen, dass ich immer an sie gedacht habe.«

»Wie lange geht das schon so mit dir?«

»Drei Tage. Sag ihnen, dass ich an sie gedacht habe.«

Die Regentropfen klatschten stärker gegen die Mauern. In den Hinterhöfen begann jemand mit einem Hammer auf Metall zu schlagen. Sie hatten noch drei Straßen zu durchfahren, die Gehsteige waren voll von Leichen.

»He, du«, sagte Pavel zu dem Jungen. Der Junge wich einen Schritt zurück. »Geh ins Spital zu Dr. Lersek. Jan Lersek, verstanden? Er soll herkommen und den Mann abholen. Hast du das verstanden?«

»Wenn er vorher stirbt, werden sie ihm die Taschen ausräumen«, sagte der Junge ruhig. »Sie sollten besser hier bleiben.«

»Lauf«, sagte Pavel. Er schob den Karren an. Von Tag zu Tag werden es mehr, und der Karren wird immer leichter, dachte er. Und mit der Zeit werde ich der perfekte Leichenschlepper. Er sah sich nicht um. Ich kann den Tod nicht sehen, dachte er. Aber überall, wo er hinsah, war der Tod.

Beim letzten Karren gab es Streit. Pavel sah die Gestalten der Leichenschlepper durch den Regen, wie sie abwartend dastanden. Er sah eine Frau, die von ihren Verwandten mit Gewalt zum Haus zurückgezogen wurde. Wahrscheinlich stritten sie um die Kleider der Toten. Noch immer gab es Leute, die den Toten die Kleider lassen wollten, aber die Nachbarn hinderten sie mit Gewalt daran.

Abrasha rührte sich nicht mehr.

Die Karren fuhren die Straße hinunter, und der Regen sprühte eisig auf sie herab.

Dr. Lersek erwachte durch das Klopfen des Regens. Das Wasser rann durch die Pappe vor dem Fenster. Wenn man die Augen schloss, konnte man sich vorstellen, man liege in einem Zug und höre das Geräusch der Räder, in einem Zug, in dem sich die Fahrgäste auf den Bänken streckten, wo der Schaffner im Speisewagen mit blechernem Geschirr klapperte und der Geruch des Kaffees über den Abteilen hing.

Die anderen Ärzte schliefen. Henryk, der Chefarzt in einer Warschauer Klinik gewesen war, und Mundek Lobowsky, aus einer der Kinderkliniken. Auf dem Marschweg zum Getto hatte man ihm die Zähne eingeschlagen, und seitdem wagte er kaum noch zu sprechen. Seine Frau war an Flecktyphus gestorben, nachdem sie zwei Wochen lang ihre Essensrationen den Kindern gegeben hatte.

Das Zimmer war offenbar einmal ein Kohlenkeller gewesen. Es hatte genau Platz für drei Betten. Wenn man zum Fenster wollte, das nicht mehr war als eine Schießscharte oder ein Loch, durch das früher die Kohle von der Straße gekommen war, musste man über die Betten steigen. Die Wände waren schwarz. Wenn man sich unter das Fenster legte, konnte man die Beine der Vorbeigehenden sehen. Lersek hatte sich die erste Zeit die Langeweile damit vertrieben, dass er zu schätzen versuchte, wie alt der Vorübergehende sei. Später hatte er seine Diagnosen an den Beinen gestellt. Man merkte es, wenn jemand Typhus hatte. Die Füße fanden den Weg nicht mehr, sie waren wie müde Käfer, die bald dahin kriechen und bald dorthin.

Lersek stand vorsichtig auf und schlich zur Türe.

»Sie können auch laut sein, Lersek«, sagte Lobowsky.

»Es ist noch früh«, sagte Lersek, »und es regnet.«

»Ich habe die ganze Nacht über etwas nachgedacht.« Er setzte sich auf und fuhr sich mit der Handfläche über den Mund. Immer hatte er Angst, sein Mund könne wieder zu bluten beginnen.

»In der Klinik haben wir immer Schach gespielt, wenn wir Nachtdienst hatten. Spielen Sie Schach, Jan?«

»Ein wenig«, sagte Lersek, »ich weiß, wie die Figuren ziehen.«

»Beim Schach sind alle Figuren gleich wichtig«, sagte Lobowsky nachdenklich, »wenn man einen Springer verliert und damit im Nachteil ist, verliert man das Spiel genauso, als wenn man die Dame verliert. Warum bilden sich ausgerechnet die Menschen ein, dass es verschiedene Rassen geben muss?«

»Irgendeinen Sündenbock muss man immer haben«, sagte Lersek, »eine Art von Opfer. Das gibt es doch auch beim Schachspiel, nicht? Man muss dem Volk ein Opfer geben, bei dem man sagen kann: Bis jetzt wart ihr nicht zufrieden! Gut, aber daran waren nur die Juden schuld. Wir sperren die Juden ein, und dann ist alles in Ordnung.«

Henryk, der Chefarzt, zog sich mühsam in seinem Bett hoch. Generationen von Ärzten waren bei ihm in die Schule gegangen, und er hatte sich alle ihre Namen gemerkt und wusste ihre Fähigkeiten.

»Wenn Sie einmal in unsere Klinik kämen, Mundek«, sagte er, »dann könnte ich Ihnen die Ärzte zeigen. Alle sind sie bei mir in die Schule gegangen und ihre Väter auch. Was sie heute können, habe ich ihnen gezeigt. Und ich war dabei, wie sie bei ihrer ersten Operation vor Angst die einfachsten Handgriffe nicht mehr wussten, wie ihnen der Schweiß herunterrann, dass die Schwestern die Handtücher auswringen mussten. Aber das haben sie vergessen. Heute sagen sie: Er ist Jude. Minderwertig. Dabei könnte ich Ihnen Dutzende von deutschen Ärzten sagen, die bei mir in die Schule gegangen sind. Mit manchen war ich sogar befreundet. Wir haben einander Briefe geschrieben. Heute will mich keiner kennen. Heute bin ich nicht einmal mehr Arzt. Jude bin ich, das ist alles.«

»Ich gehe jetzt nach oben«, sagte Lersek.

Auf dem Korridor war es nass und zugig. Er wusch sich in einem Eimer und ließ das Wasser für die beiden anderen stehen. Im Vorraum lag Schwester Irena halb über dem Tisch. Er wusste nicht, wie lange sie schon im Dienst war, aber er erinnerte sich, sie gestern gesehen zu haben und die Tage vorher. »Irena«, sagte er, »Pavel wird gleich kommen.«

Sie schrak hoch und strich sich die Haare aus dem Gesicht.

»Pavel?«, fragte sie erschrocken und errötete, als sie Dr. Lerseks Gesicht sah.

»Es ist nicht wahr«, sagte sie.

»Gefällt er Ihnen?«

»Ach was«, sagte sie zornig, »er ist ein scheußlicher Kerl.«

»Richtig«, sagte er.

»Sie können ihn auch nicht leiden?«, fragte sie bestürzt. »Warum sind Sie dann so oft mit ihm beisammen?«

»Gewohnheit. Wir sind am selben Tag ins Getto gekommen. Und wir haben eine geheime Wette abgeschlossen, wer von uns beiden länger lebt. Und damit wir die gleichen Bedingungen haben, arbeiten wir beide mit Flecktyphusfällen. Ich mit lebendigen und er mit toten.«

»Ach so«, sagte sie enttäuscht.

Lersek lächelte. »Kann aber auch sein«, sagte er, »dass ich

Pavel Kaufmann mag, weil er in Ordnung ist, weil er nicht nur an sich denkt.« Sie sah ihn dankbar an. »Er hat noch niemals ein vernünftiges Wort mit mir gesprochen.«

»Pavel mag nicht vernünftig sein. Wenn er vernünftig ist, wird ihm schlecht.«

»Ich glaube, er sieht mich gar nicht«, sagte sie mutlos.

»Doch«, sagte er, »aber das verstehen Sie nicht. Sie erinnern ihn an seine Malerei, und daran will er nicht erinnert werden.«

Borkenbach kam herein. Sein Hemd war offen. Er knöpfte es umständlich zu.

»Ein Junge ist unten«, sagte er, »er kommt von Ihrem Freund Pavel Kaufmann. Wir sollen einen Mann vom Leichenkommando abholen. Er ist auf der Straße zusammengebrochen.«

»Pavel?«, fragte Irena erschrocken, und ihre Augen füllten sich mit Tränen.

Borkenbach musterte sie erstaunt. »Scheinen alle einen Narren an diesem Kaufmann gefressen zu haben. Zuerst der Doktor. Und jetzt Sie. Aber es ist nicht Pavel. Einer von seiner Truppe.«

»Lobowsky soll hingehen«, sagte Lersek, »und vielleicht kann Henryk ja auch mitkommen. Sagen Sie Lobowsky Bescheid, Irena?«

Sie stürzte hinaus. Borkenbach sah ihr kopfschüttelnd nach.

»Da leben sie inmitten von Läusen und Ratten, und dann haben sie Herzklopfen, wenn sie einen ganz bestimmten Namen hören.«

»Die Welt dreht sich weiter«, sagte Lersek.

»Übrigens Ihr Pavel«, sagte Borkenbach, »der Kerl ist verrückt.«

»Tatsächlich?«

»Natürlich war es nichts mit der Kuh«, sagte Borkenbach seufzend, »das war eines der Gettomärchen. Man kann mit viel Glück ein paar Laib Brot über die Mauer bringen, wenn man sein Leben riskiert. Aber keine Kuh. Bringen Sie einmal eine Kuh über eine drei Meter hohe Mauer. Über die Mauer ist es unmöglich, und die Tore werden bewacht wie Mauselöcher. Nicht einmal einen Zahnstocher bringen Sie da durch.«

»Und warum ist Pavel verrückt?«

»Er sagt, er kann es«, sagte Borkenbach ärgerlich, »er geht mit und sieht uns zu, wie wir verhandeln, und er starrt die Mauer an und redet alles Mögliche, Sie wissen ja, wie er ist, und auf einmal behauptet er, er verwettet seinen Kopf, wenn er nicht eine Kuh herüberbrächte. Was sagen Sie jetzt, Doktor?«

»Pavel glaubt an Wunder«, sagte Lersek, »und das wäre ein Wunder.«

Das Spital erwachte zum Leben. Wer gehen konnte, drängte zu den Fenstern. Sie beugten sich weit hinaus und sahen in den Regen. Die Straße verwandelte sich langsam in einen schmutzigen Bach.

»Wir werden wieder mehr Typhusfälle haben«, sagte Lersek. Borkenbach betrachtete ihn verstohlen von der Seite.

Er ist eine Maschine, dachte er, erst siebenundzwanzig und innen ganz tot. Einfach eine Maschine gegen den Typhus.

Schon die Morgenstunden im Spital machten Lersek müde. Er arbeitete, wie er es jeden Morgen tat, hörte die Klagen der Kranken, hörte aber nicht richtig hin. Er brüllte mechanisch die Leute an, die ihre Kleider nicht sauber hielten. Er legte die Hand vorsichtig auf den Bauch der Kinder, er hörte sie unter seinen Händen wimmern.

Wie jeden Morgen ging er hinüber zur Schule. Vor dem Schultor hockte ein Mädchen und sah ihn aufmerksam an.

»Ich bin doch gekommen«, sagte es, »aber wenn es nichts zu essen gibt, sagen Sie es gleich. Sie sind doch der Mann von gestern Abend?«

Er erinnerte sich nicht. »Was willst du?«, fragte er.

»Sie wollten mit Lolek sprechen«, sagte das Mädchen. Es war so klein, dass es ihm kaum bis zum Gürtel reichte.

»Komm herein«, sagte er und übersah das abweisende Gesicht von Viktor Stein.

»Schon wieder«, sagte Stein.

»Ich bringe sie zu Lolek«, sagte Lersek, »hast du etwas zu essen für sie?« Er sah, wie die Augen des Kindes zu brennen begannen und wie sie an Steins Lippen hingen.

»Ich habe Hunger«, sagte das Mädchen automatisch, »ich habe schon so lange nichts gegessen.«

»Schon gut«, sagte Stein hastig, »es ist mein Fehler, dass ich Kinder gern habe. Morgen habe ich zwanzig am Hals, wenn sie es weitererzählt. Du erzählst es nicht weiter, verstanden?«

»Nein«, sagte das Kind schüchtern. »Wenn Sie mir nur etwas geben.«

Stein kam mit einer Tasse voll Suppe wieder. »Da«, sagte er. Einen Augenblick rührte es sich nicht.

»Für mich?«, fragte es. »Das alles?«

»Iss«, sagte Stein, »iss, verdammt noch mal.«

Es riss ihm die Tasse aus der Hand und begann zu trinken. Das Kind trank wie ein Hund; es konnte nicht aufhören, es trank immer weiter, die Suppe gurgelte in seinen Magen hinunter.

»Wie heißt du?«, fragte Lersek.

»Patye«, keuchte das Mädchen und setzte die Tasse nicht ab.

»Nimm das Brot«, sagte Stein. Patye griff blitzschnell danach, aber sie ließ die Tasse nicht los.

»Hast du es dir überlegt?«, fragte Lersek.

»Was?«

»Das Spital.«

»Ich muss erst mit meinen Leuten sprechen«, sagte Stein, »aber es kann doch auch sein, dass dieser elende Typhus von selbst aufhört, nicht wahr? Das wäre doch immerhin möglich?«

Patye hatte ausgetrunken. Ihre Zunge schleckte die Tasse sauber aus, soweit dies möglich war. Sie ließ nicht einen Tropfen zurück, dabei umklammerte sie das Brot, dass sich die Finger tief hineingruben.

»Alle sagen, es werden noch viel mehr sterben«, sagte Patye, »alle sagen das. Und sie sagen, meine Mutter ist auch gestorben, aber das ist nicht wahr.«

»Sprich mit deinen Leuten«, sagte Lersek. Er wandte sich zu dem Mädchen. »Dann werden wir Lolek suchen.«

»Ja«, sagte Patye glücklich, wich aber ein paar Schritte zurück. Noch immer hatte sie Angst, Stein könne seine Großzügigkeit bereuen und ihr das Brot wegnehmen.

»Ich komme nachher vorbei und sehe mich oben um«, sagte Lersek.

Auf der Straße marschierte ein Arbeitskommando. Diese Männer arbeiteten außerhalb des Gettos. Am Morgen wurden sie abgeholt und schwer bewacht in die Fabriken gebracht, am Abend kamen sie zurück. Sie hatten Arbeitskarten, mit denen sie regelmäßig ihre Rationen bekamen.

»Wenn ich groß bin, darf ich auch in der Fabrik arbeiten«,

sagte Patye glücklich, »ich stehe dann auch ganz früh auf, damit sie mich nicht vergessen.«

Lersek wischte sich die Regentropfen aus dem Gesicht. Er nahm Patyes Hand, und er fühlte, wie sie zitterte.

»Vielleicht gibt es dann gar kein Getto mehr«, sagte er.

»Natürlich gibt es ein Getto«, sagte das Mädchen überzeugt, »die Juden müssen doch irgendwo wohnen.«

Sie gingen rascher. Viele Leute kamen ihnen hastig entgegen. Sie hatten es eilig. Ihre Kleider dampften, und die Nässe brachte sie zum Husten, zu einem Husten, der tief aus ihnen herausbrach, ihren Körper schüttelte, dass sie sich zusammenkrümmten und ihre Augen fast aus den Höhlen traten.

Lolek wohnte in einem Hinterhof, der angefüllt war mit alten Fässern und Abfallkübeln. Er hatte ein Fass mit Lumpen vollgestopft und verkroch sich darin wie ein Tier in seiner Höhle. Lolek war zwölf, aber er hatte die hellsichtige Intelligenz von Kindern, welche die Wahrheit ahnen und mit ihr fertig geworden sind. Die Nazis hatten seine Eltern erschossen, zusammen mit dreißig anderen Juden, auf einem Feld, nur ein Stück außerhalb der Stadt, und Lolek hatte dabei zugesehen. Er hatte unter den Zuschauern gestanden und hatte ihre Bemerkungen gehört; er hatte keine Träne geweint, als er seine Mutter schreien hörte. Er war ins Getto gekommen und war eines jener Kinder gewesen, die dazu verurteilt waren, zu verhungern.

Und Lolek hatte andere um sich geschart. Viele ältere und viele jüngere. Sie waren dem schmächtigen, schüchternen Jungen gefolgt, weil er wusste, wie man Essen auftreiben konnte, und weil er wusste, wo man alte Fässer fand und Abfallkübel, die man zu einem halbwegs trockenen Unterschlupf ausbauen konnte. Alle diese Kinder und Jugendlichen waren zu einem Teil des Gettos geworden. Sie stahlen nach festen Plänen, und sie waren fast die Einzigen, denen es gelang, unbemerkt über die Gettomauern zu kommen.

»Morgen, Doktor«, sagte Lolek. Sie standen seit langem miteinander in Verbindung. Lersek nahm die Kinder im Spital auf, die ihm Lolek schickte. Und Lolek belieferte das Spital mit Lebensmitteln und Medikamenten.

»Wo brennt es, Doktor?«, fragte Lolek und ließ seine schmalen Beine aus dem Fass hängen.

»Das ist Patye«, sagte Lersek.

»Was bekommt man für einen Pelzmantel, Doktor?«, fragte Lolek ungerührt. »Wir haben einen Pelzmantel gefunden.«

»Keine Ahnung. Ich hatte glatt vergessen, dass es so etwas wie Pelzmäntel überhaupt noch gibt.«

»Man muss ihn an die Deutschen verkaufen«, sagte Lolek, »sie sind scharf auf Pelze. Aber das ist natürlich nicht ungefährlich. Ich muss mit Benek Borkenbach darüber reden.«

In den Öffnungen der Fässer und Kübel tauchten Kindergesichter auf.

»Wir halten den Hof sauber«, sagte Lolek, »wie Sie es gesagt haben. Wir haben fast keine Läuse mehr.«

»Ich habe dich noch nie um etwas gebeten, Lolek«, sagte Lersek.

»Doch. Sie haben mir ein paar Mal Kinder geschickt.«

»Aber sie waren brauchbar. Oder?«

»Brauchbar«, sagte Lolek.

»Dann zählt es nicht. Aber ich möchte dich bitten, Patye zu euch zu nehmen.«

»Warum?«, fragte Lolek interessiert. »Ist sie Ihre Tochter?«

»Nein. Aber sie wäre bei euch gut aufgehoben.«

»Sie ist zu schwach«, sagte Lolek. »Ich habe sie schon gesehen.«

»Du könntest es versuchen«, sagte Lersek.

»Ich kann nichts mit ihr anfangen.«

»Du kannst es versuchen«, sagte Lersek hartnäckig.

»Wir sind kein Spital, Doktor. Das ist Ihre Sache.«

Die Kinder hörten aufmerksam zu. Sie sahen auf Patye, die im Hintergrund stand und ihren Brotlaib umklammerte. Und sie sahen auf Lolek. Sie mischten sich nicht ein. Einer der Jungen schüttelte sich vor Husten.

»Hör zu«, sagte Lersek, und er dachte, dass es eine seltsame Zeit sei, in der man mit Kindern reden musste wie mit Erwachsenen, sie hat mich gebeten, ihr zu helfen, und ich habe es ihr versprochen. Ich kann sie nicht ins Spital bringen, sonst bekommt sie Typhus.«

»Was haben Sie versprochen?«, fragte Lolek. Er hatte Sommersprossen, und seine Lippen waren ein wenig zu dünn. Er war ein guter Schüler gewesen und hatte sich Gedichte schon nach dem ersten Durchlesen gemerkt.

»Ich habe ihr gesagt, dass ich mit dir reden werde.«

»Das haben Sie auch getan«, sagte Lolek abwartend. Er kroch aus dem Fass und ging mit unfreundlichem Gesicht auf Patye zu.

»Rühr mich nicht an«, sagte Patye ängstlich. »Du darfst mich nicht schlagen.«

»Frosch«, sagte Lolek verächtlich, »kleiner Frosch.« Er musterte sie lange, und er dachte dabei nach. »Sie ist sehr klein«, sagte er, »und wahrscheinlich wird sie bald sterben.«

»Ich mag nicht sterben«, sagte das Mädchen ängstlich, »und ich habe jetzt Brot; davon kann ich zwei Wochen leben.«

»Du wirst an Typhus sterben«, sagte Lolek schulterzuckend, »aber vielleicht ist es gut, dass du klein bist. Wie sagst du, heißt du?«

»Patye«, sagte sie leise.

»Wir werden Frosch zu dir sagen«, sagte Lolek, »wir werden sehen, ob wir dich hier unterbringen oder drüben.«

»Ich möchte gerne hier bleiben«, sagte Patye.

»Ach was«, sagte Lolek, »du hast hier gar nichts zu wollen. Iss dein Brot. Du wirst bei uns nicht verhungern. Zufrieden, Doktor?«

Lersek gab ihm stumm die Hand. Die Kinder sahen ihnen zu, ohne sich zu rühren. Im ersten Stock des Hauses schüttelte jemand ein Tuch aus. »Wie kommt ihr mit denen aus?«, fragte Lersek und deutete nach oben.

»Sie lassen uns in Ruhe«, sagte Lolek, »nur manchmal werden sie verrückt und fragen einen von uns nach den Eltern. Sie wissen gar nicht, was das für Folgen hat. Die Kinder laufen dann wieder durch das ganze Getto und fragen jeden, ob er ihre Eltern gesehen hat. Aber ich habe es ihnen schon gesagt.«

»Was hast du gesagt?«

»Dass sie keine Eltern mehr haben. Es ist besser so. Man kann ihnen nicht ewig erzählen, die Eltern seien nur vorübergehend im Spital, wenn sie täglich die Toten sehen.«

»Also«, sagte Lersek, »dann auf später.«

»Und vergessen Sie nicht, Borkenbach Bescheid zu sagen wegen des Pelzmantels.«

»Ich werde es ihm sagen.«

Lolek ging mit ihm auf die Straße. Patye folgte ihnen gehorsam und hielt ihr Brot umklammert.

»Geh hinein, Frosch«, sagte Lolek, »sag ihnen, sie sollen zusammenrücken.«

Sie drehte sich um und ging zurück.

»Sie ist verdammt schwach«, sagte Lolek, »aber sie ist klein. Ich glaube, wir werden sie noch brauchen können, wenn sie erst richtig satt ist.«

Die Arbeiter brachten die Neuigkeiten von außen: In Praga hatte man siebzig Polen erschossen, weil sie Juden versteckt hielten. Draußen sprach man von dreihunderttausend Juden im Getto, aber hier wusste man, dass es noch mehr waren. Am Vortag hatten zwei jüdische Fabrikarbeiter versucht, aus dem Arbeitstransport auszubrechen, und waren dabei erschossen worden.

Abrasha Blau war nach oben gebracht worden. Irena war bei ihm.

»Sie sollten zur Abwechslung einmal ordentlich schlafen«, sagte Lersek grob, sodass die Schwester erschrocken zurückwich. »Ich werde Pavel erzählen, dass Sie aussehen wie eine Vogelscheuche.«

»Herr Blau ist ein Freund von Pavel«, sagte sie entschuldigend, »und ich kümmere mich gern um ihn.«

»Er fantasiert«, sagte Lersek, während er Abrasha Blau untersuchte, »dabei können Sie ihm gar nicht helfen. Womöglich erzählt er, dass Pavel Sie mag, und Sie glauben es noch.«

Blaus Gesicht war eingefallen. Die Krankheit wütete in ihm

und drückte sein Inneres zusammen, bis er nur noch keuchen konnte und die Arme hochriss. Unten schrie jemand, man habe ihm sein Brot gestohlen, dann hörte man eine Frau weinen.

»Es ist die Versuchung«, murmelte Abrasha Blau, »jeden Tag denkt man, jetzt wirft man mich selber auf den Karren, und alles ist vorbei. Und jeden Tag lebt man weiter. Aber es ist ein komischer Gedanke, dass man eines Tages doch da oben liegen wird, und die Kameraden plagen sich dann mit einem herum.«

»Machen Sie ihm einen Umschlag«, sagte Lersek, »aber er wird den Tag nicht überleben. Im Grunde will er es auch gar nicht. Er hat nur darauf gewartet, so zu sterben, dass niemand sagen kann, er hätte sich gedrückt.«

Abrasha sah ihn aus nassen Augen an.

»Die Schwester hat gesagt, dass es da oben ein Dach gibt«, sagte er. »Bringen Sie mich hinauf. Legen Sie mich auf das Dach.«

»Es regnet«, sagte Lersek, »wir können Sie nicht im Regen liegen lassen.«

»Regen!«, sagte Abrasha. »Als sie uns aus unserem Dorf holten, war es Winter. Es war so kalt, dass einem der Atem fror und die Hälfte in unserem Zuge schon die erste Nacht nicht überlebte. Und was glauben Sie, wie viele Tage ich schon im Regen gelegen habe?«

Lersek wandte sich ab.

»Wenn meine Kinder tot sind, dann sind sie im Himmel«, sagte Abrasha, »auf dem Dach wäre ich ihnen näher.« Er blickte an Henryk vorbei, der abwartend an der Tür stand.

»Er will auf das Dach«, sagte Irena.

»Warum nicht?«, fragte Henryk. »Ich habe meinen Ärzten

immer gesagt, sie sollen auf die Wünsche der Sterbenden eingehen. Man stirbt nur einmal, und das soll möglichst friedlich sein.«

Wie Irena vor ihm stand, hatten hunderte Schwestern vor ihm gestanden. »Sie sind noch jung«, sagte er, »und vielleicht haben Sie in der Schule gelernt, dass der schönste Tod irgendwo draußen ist. Schlachtfeld der Ehre und so. Aber ich sage Ihnen: Man soll im Bett sterben. Alles soll seine Ordnung haben.«

»Wir können das Bett hinaufstellen«, sagte Lersek.

»Vielleicht bleibe ich eine Weile bei ihm«, sagte Henryk, »von oben sieht alles ganz anders aus.«

Sie trugen das Bett ein paar Stufen hinauf. Es war schwer, und ihr Atem ging schneller. Sie schoben es durch eine Luke auf das flache Dach.

Abrasha lag mit offenen Augen und starrte gegen den schmutzigen Himmel.

»Hier stirbt man gut«, sagte Abrasha.

»War Rebekka da?«, fragte Lersek leise. Sie schlossen die Luke, und Abrasha merkte es nicht.

»Nein«, sagte Irena. Sie merkte, dass ihre Beine weich wurden, sie hatte Mühe, die Stufen nicht zu verfehlen. Sie sah mager aus, und ihre Hände waren rot von der Arbeit, vom heißen und kalten Wasser.

»Sind dünne Frauen hässlich?«, fragte sie. »Stimmt es eigentlich, dass Männer lieber dicke Frauen haben?«

Lersek lachte. »Ich weiß es nicht«, sagte er, »seit ich die letzte dicke Frau gesehen habe, sind bestimmt schon zwei Jahre vergangen.«

Henryk hatte sich neben das Bett gehockt. Von hier aus sah man fast das ganze Getto. Man sah die plumpe Mauer mit ihren achtzehn Toren, hinter denen die Maschinengewehre lauerten. Man sah die Menschen auf den Straßen, aber von oben sahen sie klein und unwichtig aus. Man konnte sich schwer vorstellen, was sie Wichtiges zu reden hatten, wenn sie beisammenstanden. Man konnte es sich auch nicht vorstellen, dass sie den Typhus im Bauch hatten, dass die Kinder, die dort im Rinnsal hockten, vor Schmerzen schrien.

»Ich mag den Himmel«, sagte Abrasha, »man kann sich alles Mögliche vorstellen, wenn man ihn ansieht. Ich denke viel, obwohl ich nur ein kleiner Kaufmann war, ohne besondere Schulbildung.«

»Ich war Arzt«, sagte Henryk.

»Mir sind lustige Sachen passiert«, sagte Abrasha Blau leise.

»Ich war einer der Ersten, die ins Getto kamen. Die Häuser waren gerade erst geräumt worden, und die letzten Polen machten ihre Wohnungen frei. Und stellen Sie sich vor: Man wies mir eine Wohnung mit fünf Zimmern an. Fünf Zimmer. Finden Sie das nicht lustig?«

»Sehr.«

»Nach zwei Monaten waren wir vierzig in der Wohnung, aber es war noch immer eine gute Wohnung. Sogar mit Bad. Dann bekam ich zum ersten Mal den Typhus, und nachher war es mit der Wohnung natürlich vorbei. Aber es war eine gute Wohnung, viel besser als die Straße. Eine Zeit lang lebte ich auf der Straße.«

»Mir ist auch eine lustige Sache passiert«, sagte Henryk. »Man hat mich so geprügelt, dass ich mir keine Namen mehr merken kann. Stundenlang sitze ich da und denke über einen

Namen nach. Früher wusste ich alle Namen. Jeden Arzt in Warschau hätte ich Ihnen nennen können.«

»Schade, dass man das nicht später alles erzählen kann.«

Henryk begann zu lachen. Es war ein ungutes Lachen. »Es wird kein Später geben«, sagte er leise.

Der Regen klatschte auf sie herab. Abrasha Blau lag mit weit offenen Augen und wartete. Und Henryk hockte zu seinen Füßen und blickte hinab auf das Getto.

4 Die Tage wurden länger und heißer, Abrasha Blau konnte nicht sterben. Das Fieber hatte seinen Körper ausgehöhlt, es kam immer wieder und schüttelte ihn, als wolle es ihm zeigen, es habe ihn nicht vergessen. Der Duft von blühenden Bäumen wehte über das Getto, und Abrasha Blau rief im Fieber nach seinen Kindern. Henryk, der Chefarzt, hockte tagelang neben ihm auf dem Dach. Sie konnten die Schornsteine Warschaus sehen und die Autos der deutschen Soldaten. Überall in Europa waren die Soldaten Hitlers im Vormarsch, und man las in den Zeitungen, dass der Krieg bald vorbei sein werde. Überall in Europa wurden Juden in Viehwaggons verladen und über die Grenzen gebracht. Adolf Hitler brüllte in Massenversammlungen, und die deutschen Soldaten im Osten schrieben lange Briefe nach Hause.

Der Typhus hatte eine kleine Atempause gemacht. Aber die Leute starben jetzt an Hunger und an den verdorbenen Lebensmitteln, welche die Deutschen ins Getto lieferten. Ein sechsjähriger Junge hatte den Hunger nicht mehr ausgehalten und war vom zweiten Stock eines Hauses gesprungen. Er war sofort tot gewesen, und die Eltern hatten nun Angst, ihre Kinder zu den Fenstern zu lassen.

Seit sich auch Michel Bronsky der Bande Loleks angeschlossen hatte, war Wanda viel mit Lersek zusammen. Ihre Schultern waren trotz des Hungers runder geworden, und sie machte beim Gehen kleinere Schritte. Im Garten vor dem Spital hatte man Bohnen gesetzt, und die Patienten kamen täglich im Morgengrauen, um zu sehen, ob die Bohnen wuchsen; sie waren enttäuscht, dass man noch nichts sehen konnte, und beschuldigten einander, jemand habe die Bohnen ausgegraben und gegessen.

Lersek achtete wenig auf Wanda. Aber er sah, dass die Menschen ruhig wurden, wenn sie Wanda anlächelte, dass sie zu schreien aufhörten, wenn sie ihnen mit der Hand über den Kopf streichelte. Er gab ihr seine knappen Anweisungen, und Wanda befolgte sie, als hätte sie niemals etwas anderes getan.

»Sie mögen dich, Wanda«, sagte Lersek. Wanda blickte zu Boden.

»Sie mögen es, wenn jemand zu Besuch kommt«, sagte sie. »Ich mache gern Besuche.«

Sie überquerten die Lesznostraße, sahen Menschen beisammenstehen und erregt aufeinander einreden.

»Wissen Sie, dass ich immer davon geträumt habe, einmal nach Warschau zu kommen?«, fragte sie.

»Du warst nie vorher in Warschau?«

»Nein. Aber ich habe es mir immer wunderbar vorgestellt. Mama hat viel davon erzählt. Wir wollten zu Besuch kommen. Mamas Bruder wohnt hier. Wir haben tagelang von nichts anderem gesprochen, und immer ist etwas dazwischengekommen.«

»Ein schöner Besuch«, sagte Lersek.

»Ja«, sagte sie, »ich habe von Warschau nichts gesehen. Ich habe nur Michels Beine gesehen und immer Angst gehabt, er könne hinfallen und liegen bleiben.«

»Hast du etwas von eurer Mutter gehört?«

Sie schüttelte den Kopf. »Michel hat ein Bild von ihr«, sagte sie, »und er geht herum und fragt, ob jemand sie gesehen hat.«

Rebekka kam ihnen entgegen. Sie war gelaufen, ihr Atem ging schnell und unregelmäßig. »Es ist etwas passiert«, sagte sie hastig, »wir müssen irgendwo darüber reden.«

Wanda trat einen Schritt zurück, aber ihre Augen blieben aufmerksam.

»Du kannst ruhig zuhören«, sagte Rebekka, »es geht dich genauso an wie uns.« Sie dämpfte ihre Stimme, aber es gelang ihr nicht ganz. »Die Kinder sollen fort«, sagte sie, »wir haben es eben erfahren. Viktor sagt, er wird versuchen, etwas herauszubekommen.«

»Wohin sollen sie?«, fragte Lersek.

»Sie sollen einen Ausflug machen. Man hat es schon verlautbart. Sie sollen am Sonntag mit der Bahn wegfahren. Aufs Land, dass sie wieder einmal frische Luft bekommen, wahrscheinlich in ein Dorf in der Nähe. Und alte Leute können auch mitfahren.«

»Ich weiß nicht«, sagte Lersek zögernd.

»Sie lassen nicht zuerst hunderte Kinder verhungern, und dann machen sie mit den anderen einen Ausflug aufs Land«, sagte Rebekka.

»Vielleicht fahren sie in ein Dorf«, sagte Wanda, »es gibt wunderschöne Dörfer hier. Mit Bäumen und Feldern.«

»Ich weiß nicht«, sagte Rebekka ratlos. »Vielleicht sind es

wirklich nur die Bäume.« Die Haut an ihren Händen war so durchsichtig, dass man das Blaue der Adern sehen konnte. Sie hatte sich einer Menge Kinder angenommen, die sie auf der Straße aufgelesen hatte, und irgendwie brachte sie es fertig, das Essen für sie aufzutreiben. Aber sie schlief kaum, und manchmal schüttelte sie das Fieber, dass vor ihren Augen eine schwarze Wand wuchs, so glatt, dass man sich nirgends festhalten konnte, und hinter der Wand standen weinende Kinder und streckten ihre Arme aus.

»Wir haben noch einen Tag Zeit«, sagte Lersek. »Viktor wird herausfinden, was los ist. Viktor und seine Leute.«

»Ich habe Angst, Jan«, sagte sie.

Ein paar alte Leute gingen vorbei. Sie grüßten freundlich und lächelten Wanda zu. Der Frühling hatte ihnen neue Kraft gegeben, und sie warteten auf den Sommer, als würden die heißen Tage dann die Gettomauern zum Schmelzen bringen.

»Du brauchst keine Angst zu haben«, sagte Lersek, »ich werde mit Viktor reden.«

Sie standen noch eine Weile auf der Straße, redeten belanglose Dinge und waren müde vom Reden und von der Sonne, die in den Augen wehtat.

Michel Bronsky sah auf das Bild seiner Mutter. Es war abgegriffen, und die linke Ecke fehlte. Er versuchte, das Bild wegzustecken und sich seine Mutter vorzustellen, aber das Gesicht verschwamm vor seinen Augen. Er konnte sich nicht erinnern und wusste doch, dass er sie aus Tausenden wieder erkennen würde.

Er hielt den Entgegenkommenden das Foto entgegen.

»Kennen Sie die Frau?«, fragte er. »Haben Sie meine Mutter gesehen?«

Sie schüttelten die Köpfe und gingen schnell weiter. Überall waren Leute auf den Straßen, die Bilder herzeigten, Hoffnung im Gesicht hatten und manchmal zu weinen begannen.

Michel Bronsky traf eine alte Frau, die mühsam, auf einen Stock gestützt, ging. »Kennen Sie meine Mutter?«, fragte er sie, und sie betrachtete umständlich das Bild.

»Meine Augen sind schon schwach«, sagte sie, »aber am Sonntag werden wir einen Ausflug machen, und wir werden lachen. Bestimmt werden wir wieder lachen.«

»Sie kennen sie nicht?«, fragte Michel.

»Kannst du lachen?«, fragte die Alte. »Ich höre so gerne Kinderlachen. Ich habe neun Enkel, aber ich habe sie lange nicht mehr gesehen.«

Michel lachte verlegen.

»Vielleicht ist deine Mutter schon im Himmel«, sagte die Alte. Michel sah sie zornig an.

»Sie ist nicht im Himmel«, sagte er, »sie wird bald kommen. Sie kann jeden Augenblick hier um die Ecke kommen.«

»Dann ist es ja gut«, sagte die Alte, »aber du sollst trotzdem bei dem Ausflug mitmachen, ja? Versprichst du mir das?«

»Vielleicht«, sagte Michel.

»Und wenn sie im Himmel ist«, sagte die Alte nachdenklich, »dann ist das kein schlechter Platz. Im Himmel gibt es kein Getto.«

»Kein Getto«, sagte Michel zornig, »kein Getto. Dann wären wir ja mit den Deutschen zusammen!«

»Das wird schon so sein«, sagte die Alte nachdenklich, »daran habe ich noch gar nicht gedacht.«

»Ich will aber nicht mit den Deutschen zusammen sein«, sagte Michel Bronsky, »lieber möchte ich in die Hölle kommen.«

»Das sollst du nicht sagen«, flüsterte die Alte, »so etwas darf ein Kind nicht sagen. Und vielleicht ist deine Mutter schon im Himmel.«

»Sie ist nicht im Himmel!«, schrie Michel Bronsky, und die Tränen traten ihm in die Augen. »Meine Mutter ist noch jung. Und nur alte Leute kommen in den Himmel. Sie kommen in den Himmel. Warum sind Sie nicht schon im Himmel und meine Mama ist bei mir? Sie sind doch schon alt?«

»Ja, warum?«, flüsterte die Alte.

Michel Bronsky ließ sie stehen und rannte die Gassen zurück. In Loleks Hof spielten die Kinder Verstecken. Die Jungen waren die Deutschen und mussten die Mädchen suchen; sie schlugen mit Stöcken gegen die Abfallkübel, dass es klang wie Maschinengewehrfeuer, und die Mädchen lagen ganz ruhig in ihren Verstecken. Die Sonne spiegelte sich in den Scheiben des Hauses.

Dr. Lersek ließ Wanda warten. Seitdem man Viktor suchte, weil seine Leute einen Posten niedergeschlagen hatten, um Lebensmittel über die Mauer zu bringen, hielt er sich im Keller versteckt. Der Keller hatte nur einen Eingang, und Viktors Leute hatten einen Durchbruch auf die Hofseite gemacht, hatten ein Loch in die Wand gebrochen, das Viktor den Fluchtweg offen ließ.

Viktor Stein versuchte ein schwaches Lächeln, als er Lersek sah.

»Das mit dem Spital kannst du dir aus dem Kopf schlagen«, sagte er, »wir werden bald andere Sorgen haben.«

»Was ist mit den Kindern?«, fragte Lersek.

Stein rieb sich die Nase. »Sieh mal, Lersek«, sagte er, »ich will die Verantwortung nicht übernehmen. Kann sein, dass das Ganze wirklich ein Ausflug ist. Wenn ich sage, die Kinder sollen dableiben, dann stehle ich ihnen einen Tag mit Blumen und Bäumen und einem Bach und weiß Gott was noch. Sie alle hätten dies dringend nötig. Wenn ich sage, sie sollen fahren, und es geschieht irgendetwas, dann bin ich schuld.«

»Und was glaubst du?«

Viktor sah ihn hilflos an. »Meine Leute sind Transportarbeiter. Sie haben bei Gewerkschaftsversammlungen den Streik ausgerufen und drei Wochen lang durchgehalten. Aber sie sind keine Spione. Sie haben nichts herausgebracht. Aber ich sage dir: Die Deutschen können doch keine Kinder umbringen. Verhungern lassen, ja, da sehen sie ja nichts davon. Sie hören sie nicht jammern. Sie sehen höchstens die Gräber. Aber umbringen, das können sie doch nicht.«

»Das denke ich auch«, sagte Lersek.

Sie hörten einen Mann die Kellerstiege herunterpoltern. Es war Pavel, und er hatte das Hemd über der Brust geöffnet.

»Geheimversammlung?«, fragte er. »Es geht um die Kinder, was?«

»Sie können sie nicht umbringen«, sagte Stein.

Pavel nickte. »Ich habe einmal vor Deutschen einen Vortrag über Malerei gehalten«, sagte er, »die verstanden eine ganze Menge davon.«

»Was willst du damit sagen?«

»Dass sie etwas von Malerei verstehen. Und von Musik. Dass sie Menschen sind und Kinder haben. Wenn ein Wachtposten einen Mann erschießt, der über die Gettomauern will, gut, das ist der Krieg, und er hat gelernt, dass Juden nur minderwertige Menschen sind. Aber Kinder, das ist etwas anderes. Die meisten von ihnen haben auch Kinder. Das würden sie nicht fertig bringen.«

»Dann sind wir einer Meinung«, sagte Stein, »wir werden den Kindern den Tag nicht stehlen. Vielleicht wissen die Deutschen, dass sie den Krieg bald gewonnen haben, und das macht sie friedlicher.«

»Gehst du ins Spital?«, fragte Pavel.

»Ja. Und du?«

»Vielleicht«, sagte Pavel, »ich habe den Typhus so gern.«

»Ich bleibe in der Mausefalle«, sagte Stein, »langsam komme ich mir vor wie ein Kellertier. Aber wenn die Deutschen jetzt friedlicher werden, komme ich vielleicht wieder einmal heraus.«

Wanda stand an die Wand gelehnt und hatte die Augen geschlossen. Die Sonne machte ihr Gesicht zu einem weißen Flecken.

Der nächste Tag blieb strahlend schön. Die Wolken flogen wie geblähte Segel über den Himmel, und die Kinder sangen das Lied vom Schneemann, der am blauen Himmel sitzt und eine Wolke geworden ist und sich über das Wetter ärgert. Abrasha Blau lag auf dem Dach und fieberte, und Henryk meinte, es sei ein Wunder, dass er nicht schon lange tot sei.

Lersek hatte sich einen Augenblick hingelegt. Er hörte auf das Klopfen der Schuhe vor dem Fenster und ertappte sich dabei, dass er sich wieder für die Beine interessierte. Im Spital roch es nach Kohlsuppe, und Schwester Irena hatte von Borkenbach einen blauen Arbeitskittel bekommen.

Wanda trat so leise ein, dass er sie erst bemerkte, als sie vor seinem Bett stand. Sie wagte nicht, ihn anzusehen.

»Doktor«, sagte sie leise.

»Was ist los, Kind?«, fragte er.

»Ich möchte Ihnen etwas sagen.«

»Ja.«

Noch immer sah sie ihn nicht an. Ihr Kleid war unter der Achsel zerrissen, sie hatte einen farbigen Flecken darüber genäht.

»Borkenbach sagt, Sie seien eine Maschine und Sie hätten kein Gefühl«, sagte sie.

»So? Sagt er das?«

»Ich weiß, dass das nicht wahr ist. Sie haben Rebekka gern, nicht wahr?«

»Rebekka?«, fragte er erschrocken. Er sah sie vor sich, wie sie die Kinder in die kalte Wanne hielt und sie mit Tuchfetzen abrieb, um den Typhus niederzukämpfen, er sah die abgebrochenen Nägel auf ihren Händen.

»Kann sein«, sagte er, »ich habe nicht darüber nachgedacht.«

»Es ist aber so«, sagte sie, »und ich weiß es. Und Rebekka kann mich nicht leiden.«

»Das ist Unsinn«, sagte er.

»Ich habe meine Mutter sehr gern gehabt«, sagte sie fest, »und ich möchte alle Menschen gern haben. Aber Michel braucht mich jetzt nicht mehr, und Sie haben Rebekka.«

»Das Getto macht dich verrückt«, sagte er gütig.

»Ich werde bald etwas Schreckliches tun«, sagte sie. Er packte sie so hart am Arm, dass sie aufschrie.

»Was wirst du tun?«, fragte er.

»Ich weiß nicht«, sagte sie, »ich weiß nur, dass es schrecklich sein wird.«

Er zwang sie, sich auf das Bett zu setzen. Sie hockte vor ihm, und sie hatte Angst.

»Du weißt vermutlich, was die Menschen von dir sagen«, sagte er, »du hast es gehört, du kleines Biest, und es hat dich verrückt gemacht.«

»Nein«, sagte sie, »ich habe nichts gehört.«

»Dann werde ich es dir sagen. Weißt du, wie sie dich nennen? Engel mit dem Milchgesicht, sagen sie, und sie hören auf zu sterben, wenn sie dich sehen. Dies ist ja unsinnig, und ich weiß, dass es unsinnig ist, aber im Spital sind weniger Menschen gestorben, seitdem du hier bist.«

»Ich kann nichts dafür«, sagte sie, »aber ich mag es nicht.«

»Was magst du nicht?«

Sie fiel in sich zusammen, er spürte, dass sie am Ende war, aber er ließ sie nicht aus den Augen.

»Ich mag kein Engel sein«, flüsterte sie, »dass ich mich um Michel gekümmert habe, ist doch selbstverständlich, nicht? Aber ich will nicht, dass sie Engel zu mir sagen. Ich kann ihnen nicht helfen, aber sie glauben an mich, und das macht mich kaputt. Ich bin ein normales Mädchen, Doktor, vielleicht bin ich sogar schlecht. Ich weiß es nicht, aber ich kann hassen und böse sein. Und deshalb mag ich nicht mehr mit Ihnen gehen. Sie brauchen mich nicht, und die Leute brauchen mich auch nicht.«

»Verdammt«, sagte er. Er suchte eine Zigarette, aber er ließ sich mit dem Anzünden Zeit.

»Lass mich einfach das sagen, was mir so einfällt, Wanda«,

sagte er. »Und sicher war es rücksichtslos von mir, dich überall mitzuschleppen und dir zu zeigen, wie es in diesem verdammten Getto aussieht.« Er blickte aus der Luke hinaus und sah die Sonne auf dem Pflaster. »Irgendwie braucht hier jeder einen Strohhalm, an den er sich klammern kann«, sagte er. »Die Leute brauchen etwas, was sie am Leben erhält.«

»Ja«, sagte sie.

»Das hat mit uns nichts zu tun«, sagte er. »Nicht mit Rebekka und nicht mit dir und mir. Wir machen unsere Arbeit, weil wir nicht einfach dasitzen wollen und zusehen, wie alles zu Grunde geht. Vielleicht ist diese Arbeit unser Strohhalm, und wir machen sie nur, um uns selbst zu helfen. Aber die anderen, Wanda«, sagte er, »die glauben an uns. Die denken, es ist noch jemand da, der gegen den Typhus kämpft und gegen den Hunger. Und deshalb leben sie weiter. Und deshalb brauchen sie uns.«

»Aber nicht mich«, sagte Wanda.

»Doch. Ich weiß nicht, warum, aber du hilfst ihnen.«

»Ist das wahr?«, fragte Wanda.

»Ja«, sagte er, »das ist wahr.«

»Ich möchte mich gern um die Kinder kümmern«, sagte sie, »es sind so viele da, und sie brauchen jemanden, der sich um sie kümmert, so, wie das Rebekka macht. Aber sie wird mich hassen, wenn ich das mache.«

»Warum?«, fragte er erschrocken. »Warum soll sie dich hassen? Sie wird froh sein, dass sie jemanden hat, der ihr hilft.«

»Es ist ihre Arbeit«, sagte Wanda.

»Es ist genauso gut deine Arbeit«, sagte er. »Früher einmal, da hatten wir Zeit, etwas für uns selbst zu tun. Jetzt sind wir für die anderen da, und das weiß Rebekka.«

»Und sie tut es nicht nur, weil Sie es ihr gesagt haben?«

Er packte sie, aber er ließ sie sofort wieder los. »Sie tut es für die Kinder«, sagte er. »Es gibt genug Leute im Getto, die nur dasitzen und warten und sehen, dass sie etwas zu essen bekommen. Aber schau dir die Kinder an, Wanda, schau dir all die Menschen an, die Hilfe brauchen. Tu etwas für sie. Irgendetwas.«

Er hatte das Gefühl, als sei sie weit fort.

»Hilf ihnen«, sagte er.

Sie nickte. Ein scheues Lächeln kam auf ihre Lippen.

Engel mit dem Milchgesicht, dachte Lersek, seltsam, dass sie das alle sagen. Ein Mädchen aus dem Dorf, das seine Mutter verloren hat und selber verloren ist wie ein Schaf. Und sie glauben tatsächlich, dass sie ein Engel ist. Dabei würde sie viel lieber hassen oder böse sein, weil sie weiß, dass das viel leichter ist.

»Ich werde jetzt gehen«, sagte sie.

Ein Lichtstrahl blinkte durch das Fenster und ließ erkennen, dass ihre Beine wie Streichhölzer, ihre Füße ein wenig zu groß waren. Sie waren schneller gewachsen als ihr Körper.

Lolek kam gegen Abend ins Spital. Schon der Geruch des Hauses bedrückte ihn, er ließ die Türe nicht aus den Augen, Schweiß rann ihm über das Gesicht. »Die Schwester sagt, Wevel ist gestorben«, sagte er, »ist das richtig?«

Lersek antwortete nicht gleich, ließ das Wasser einen Augenblick länger über seine Hände rinnen. »Er hat seit zwei Tagen fantasiert. Er hat es nicht gemerkt.«

»Er war ein guter Mann«, sagte Lolek, »er hatte mehr Mut als ein Erwachsener. Glauben Sie das, Doktor!«

»Natürlich«, sagte Lersek, »warum auch nicht?«

»Wir werden uns einen Ersatz suchen müssen«, sagte Lolek. »Übrigens wird Michel gut werden. Er ist ein intelligenter Bursche. Wir hätten ihn früher haben sollen. Er macht, was man ihm sagt.«

»Was macht Patye?«, fragte Lersek. Er trocknete die Hände an der Hose ab.

»Sie isst«, sagte Lolek, »aber sie bleibt klein. Ein kleiner Frosch. Übrigens werden wir keines von unseren Kindern zu dem Ausflug schicken.«

»Warum nicht?«, fragte Lersek.

»Ich will es nicht«, sagte Lolek, »sie haben meine Eltern erschossen, und sie werden auch Kinder erschießen. Verlassen Sie sich darauf. Deshalb bin ich hergekommen, damit Sie es wissen.«

»Ich habe nichts damit zu tun«, sagte Lersek.

»Sagen Sie allen, dass sie nicht mitgehen sollen.«

»Sie haben deine Eltern erschossen«, sagte Lersek, »aber sie werden keine Kinder erschießen.«

»Was ist da für ein Unterschied?«, fragte Lolek.

»Sie werden es nicht tun. Es wird ein Ausflug. Ihr könntet alle einen Ausflug brauchen.«

»Ich schicke niemanden mit«, sagte Lolek. Er blickte sich vorsichtig um. »Sterben noch viele?«, fragte er.

»Das geht dich nichts an.«

»Ist Wevel begraben worden?«

»Natürlich. Warum?«

»Nur so. Nur eine Frage.«

»Wollt ihr sein Grab besuchen?«

»Nein. Sie wissen genau, dass er kein Grab hat. Wir haben keine Zeit für solche Dinge.«

Er ging zur Türe und öffnete sie. Draußen war es noch immer heiß.

»Was machen Ihre Bohnen?«, fragte er. »Den Pelzmantel haben wir übrigens verkauft. Gegen fünf Sack Mehl. Ist das schlecht?«

Lersek antwortete nicht. Ein paar Arbeiter marschierten von der Fabrik zurück.

»Sie können einen Sack haben«, sagte Lolek. »Wevel ist uns einen Sack wert.«

»Ist gut«, sagte Lersek.

»Für Wevel«, sagte Lolek.

Von unten rief Benek Borkenbach. Lersek beeilte sich nicht. Lolek winkte ihm zu und ging. Borkenbach rannte Lersek ein paar Schritte entgegen.

»Es ist wegen Wanda«, sagte Borkenbach. »Sie sollten sich das einmal ansehen. Gehen Sie hinüber in die Schule. In den Hof. Warten Sie, ich komme mit.«

Borkenbach wollte nicht reden, er war merkwürdig verändert, es sah aus, als habe er geweint. Die Hitze begleitete sie über die Straße. Die Fenster der Häuser waren offen. Die Dämmerung überlegte, ob sie noch bleiben solle, und die Kinder sahen ängstlich gegen den Himmel.

Der Schulhof war von Kindern besetzt. Sie saßen auf der Erde, und sie sahen elend aus. Ganz vorne stand Wanda, und sie sprach mit leiser Stimme, die nicht zu ihr zu gehören schien. Es war ganz still im Hof.

»Sie erzählt eine Geschichte«, sagte Borkenbach. Aus den

Fenstern der Schule hingen Männer und Frauen, und auch ihre Gesichter waren gespannt. Keiner redete, von hinten drängten immer mehr Leute nach.

»Es war ein wunderschöner Vogel«, erzählte Wanda, »mit blauen und goldenen Flügeln. Und der Mann, der ihn in den Käfig gesperrt hatte, gab ihm nichts zu fressen, bis der Vogel verhungert war. Und als der Vogel tot war, kamen die Engel und setzten ihn auf eine Tragbahre, die war ganz weiß. Sie trugen ihn in den Himmel und setzten ihn auf die schönste Wolke. Den bösen Mann aber schlugen die Engel tot und trugen ihn in die Hölle, und dort sitzt er noch heute und jammert, und die Teufel haben ihren Spaß mit ihm.«

Die Augen der Kinder glänzten.

»Und war es wirklich ein goldener Vogel?«, fragte ein kleiner Junge. »Mit ganz goldenen Flügeln?«

»Mit ganz goldenen Flügeln«, sagte Wanda verzückt.

»Und weißt du noch eine Geschichte?«, fragte der Junge. Es war dunkel geworden. Man sah kaum etwas, aber hörte das Atmen der vielen Menschen.

»Wir könnten ein Lied singen«, sagte Wanda, »das Lied vom Sommer und von den Wiesen und von den Schmetterlingen, die den ganzen Tag von einer Blume zur anderen fliegen, und alle Blumen grüßen die Schmetterlinge und verneigen sich und lachen, und der Wind wiegt die Blumen hin und her.«

Wanda begann zu singen, die Kinder fielen zaghaft ein. Eines zuerst und dann ein zweites. Und ganz vorne stand Patye, der Frosch, und sang mit einer hellen, klaren Stimme.

Sie sangen das Lied von den Blumen und den Schmetterlingen und dem Wind, der die Schmetterlinge in den Schlaf wiegt.

Es war ein helles, fröhliches Lied, und die Kinder sahen dabei glücklich aus. Und die Männer hingen aus den Fenstern der Schule, sie standen im Hausflur, und die Tränen rannen ihnen über die Gesichter.

Das Lied wehte wie eine Fahne über das Getto, und die Dunkelheit deckte es zu.

»Verdammt«, sagte Lersek, »oh, verdammt.«

Das erste Mal seit vielen Jahren weinte er.

KAPITEL 5

5 Draußen, vor der Mauer, spielten sie Karten, aber der Soldat Erich Schremmer achtete nicht auf das Spiel. Weit vorgeneigt lauschte er hinaus auf die Straße. »Sie singen«, sagte er fassungslos, »hör doch, sie singen.«

»Kleine Bestien«, sagte Thalhammer, »da hast du es. Sie hungern. Sie sterben. Aber sie sind wie die Ratten. Sie fühlen sich wohl dabei. Sie mögen den Dreck und den Hunger und das Getto und die Läuse und Flöhe. Diese Brut.«

Erich Schremmer trat ans Fenster. Seine Mutter fiel ihm ein und seine Schwester, und wie sie zu Hause im Hof gespielt hatten.

»Ich wette, drüben beim Turm haben sie wieder Mädchen«, sagte Thalhammer. »Eggenberg hat einen Pelzmantel von einem Juden gekauft. Anzeigen sollte man den Hund. Mir hätte das passieren sollen. Ein Junge bietet mir einen Pelzmantel an. Den Gewehrkolben hätte ich ihm ins Gesicht geschlagen.«

Vom Getto her klangen noch immer die Kinderstimmen. Es war, als hätte der Teufel das Getto vergessen. Die Nacht war warm und hatte goldene Sterne.

KAPITEL 6

6 Die Frühnebel hoben sich schnell, bildeten zuerst Zacken, schoben sich ineinander und lösten sich auf. Die warme Sonne kam durch. An diesem Morgen waren die Kinder früher als sonst auf den Beinen. Sie hielten ihre nackten Arme in die Sonne und ließen sich ihr Haar bürsten. Ein Mädchen weinte, weil es nicht mitkommen durfte. Es hatte Fieber, und seine Augen glänzten.

Ein Lautsprecherwagen fuhr durch die Straßen und gab die Stellen an, an denen sich die Kinder treffen sollten. Zwei deutsche Soldaten saßen darin und ein Pole. Die Deutschen waren glatt rasiert. Sie rochen nach Rasierwasser und Seife, und die Bügelfalten ihrer Hosen waren scharf wie Messer. Sie schnippten die Zigarettenasche zum Fenster des Wagens hinaus und sahen gelangweilt auf das Treiben rund um sie. Aus dem Lautsprecher kamen immer die gleichen Laute, ein paar Kinder rannten dem Wagen nach.

Wanda fühlte sich schlecht. Ihr Mund war trocken, und sie spürte die Risse an ihren Lippen. Sie stand auf und ging zur Wasserleitung. Sie stellte sich geduldig an. Das Wasser rann nur zögernd aus dem Hahn. Ein dürrer Mann mit fleckigen Schultern rieb sich das Gesicht ab. Er wusch sich langsam, er ließ kein Fleckchen seines Gesichtes aus. Als Wanda endlich zum Becken kam, war die Reihe hinter ihr gewachsen. Die Kinder fragten jeden Augenblick, wie spät es sei. Wanda spürte die Blicke in ihrem Rücken, sie schloss hastig die halb geöffnete Bluse und ließ das Wasser über ihr Gesicht laufen. Es kühlte kaum. Sie hielt den Mund unter den Hahn und ließ ihn mit Wasser voll laufen, es gluckste ein wenig und schmeckte schal wie lauwarmer Kaffee.

Sie ging in den Hof, und ständig merkte sie die Blicke, die lauernd an ihr haften blieben, und sie spürte die Angst in sich hochsteigen. Auf der Straße war es warm, und ein paar Kinder sangen.

Ohne zu wissen, warum sie das tat, begann sie zu laufen.

Als sie das Spital erreichte, war ihr Atem flach und keuchend. Schwester Irena nickte ihr zu. Man sah, dass sie nicht geschlafen hatte. Dr. Lersek war nicht da, und niemand wusste, wohin er gegangen war.

»Vielleicht zu Rebekka«, sagte Irena freundlich, und sie sah Wanda nicht an, »versuche es bei Rebekka.«

»Und oben?«, fragte Wanda. »Ist Abrasha Blau oben?«

»Dr. Henryk ist bei ihm. Sie waren die ganze Nacht da oben.« Wanda sah durch die schmale Luke, und sie sah Abrasha Blau, der regungslos dalag und gegen den Himmel starrte. Henryk schlief. Die Angst packte sie so heftig, dass sie sich gegen die Wand lehnen musste. Die Straße drehte sich vor ihr, immer schneller, in einem wahnsinnigen Kreis, und dazwischen brüllte ein Lautsprecherwagen. Sie sah zwei deutsche Soldaten, die sich mit dem Kreis drehten und an ihren Bügelfalten zupften und verzerrte Gesichter hatten. Sie grinsten und winkten ihr zu. Ein scharfer Klotz schien in ihrem Hals zu stecken, nahm ihr den Atem.

Sie wusste nicht, wie sie zu dem Haus gekommen war, in dem Rebekka die Kinder untergebracht hatte. Lersek saß auf dem Fensterbrett und rauchte. Man hörte die ruhige Stimme Rebekkas und das Durcheinanderreden der Kinder.

»Wanda«, sagte Lersek überrascht. Sie sah ihn durch einen feinen Schleier und merkte, dass er lächelte.

»Sie dürfen nicht fort«, keuchte Wanda, »sie dürfen nicht fort.«

»Wer?«, fragte Lersek.

»Die Kinder«, keuchte Wanda, »sagen Sie ihnen, dass sie nicht mitdürfen.«

»Unsinn«, sagte Lersek. Er kam auf sie zu und sah sie aufmerksam an. »Du hast Fieber«, sagte er. Rebekka kam ins Zimmer. »Sie ist krank«, sagte Lersek, »sieh dir das Kind an.«

»Sie dürfen nicht fort«, flüsterte Wanda. Sie fühlte, dass sie erbrechen musste, und die Kreise vor ihren Augen wurden rot und feurig. »Rebekka, Sie dürfen die Kinder nicht fortlassen.« Rebekka sah Lersek ratlos an.

»Versprechen Sie es«, flüsterte Wanda. Die Wand hinter ihr schwankte. »Ich schwöre, es wird ein Unglück geben. Versprechen Sie es, Rebekka, dass Sie die Kinder nicht fortlassen.«

Rebekka legte ihr den Arm um die Schulter. Wanda fühlte, dass sie zitterte.

»Es ist gut«, sagte Rebekka, »ich verspreche es.«

»Und Michel«, sagte Wanda schwach, »Michel darf auch nicht mit.«

»Er ist bei Lolek«, sagte Lersek, »er geht nicht mit. Niemand von Lolek geht mit.«

Wanda schwankte. Rebekka musste sie festhalten.

»Sie ist ohnmächtig«, sagte Lersek, »bring Wasser.«

Rebekka lief hinaus. Sie brachte Wasser, und die Kinder standen mit enttäuschten Gesichtern da. Ein Junge weinte.

Rebekkas Kinder kamen nicht mit. Und Loleks Bande stand am Straßenrand und hatte trotzige Gesichter. Die Kinder kamen die Straße herunter zu den Sammelstellen. Es waren ein paar hundert. Alte Frauen hatten sich hübsch gemacht. Die Kinder sangen und stiegen in die Lastwagen. Noch immer brüllte der Lautsprecher.

Dann fuhren die Lastwagen los. Noch lange hörte man die hellen Stimmen der Kinder. Frisch gewaschen und gekämmt, mit glücklichen Gesichtern fuhren sie aus dem Getto. In Dörfer, in denen es einen Bach gab, der über Steine sprang, und Vögel und Katzen und Hühner unter Bäumen.

Keines der Kinder kam zurück. In der Nähe von Warschau wurden sie zu einem Haufen zusammengetrieben und erschossen.

Das Getto weinte, brüllte, verfluchte. Aber das Leben ging weiter.

KAPITEL 7

Tag für Tag lag Abrasha Blau auf dem schmalen Bett, hoch über den Straßen des Gettos, und konnte nicht sterben. Das Fieber stieg und fiel, und man sah durch die blasse Haut die Knochen.

Manchmal kam jemand zu ihm und erzählte schreckliche Dinge, die man nicht glauben konnte. Die Deutschen hatten überall Plakate anschlagen lassen. Wer sich freiwillig zu einem Transport in ein Arbeitslager meldete, bekam eine Extraration Marmelade und Brot. Die Deutschen brauchten Arbeitskräfte, hieß es, und im Getto wütete der Hunger stärker als je zuvor, und die Typhusfälle stiegen sprunghaft wieder an.

Tausende waren zu den Sammelstellen für die Arbeitslager gekommen. Sie hatten ihr letztes Eigentum in schmalen Bündeln über die Schultern gehängt. Der Hunger trieb die Mütter dazu, sich zu melden, und manche trugen Säuglinge, die immerfort schrien. Kinder kamen, und sie schlangen die Extrarationen in sich hinein wie Wölfe, und es wurde ihnen übel. Sie blieben liegen und mussten in die Viehwaggons hineingetrieben werden.

Man hörte nichts mehr von den Leuten, die weggefahren waren. Aber einmal kam ein Mann zurück und erzählte, dass man die Leute in Lager gebracht und die meisten von ihnen schon am ersten Tage getötet hatte. Viele waren schon beim Transport in den vergitterten Viehwaggons gestorben, und die Leichen waren drei Tage mitgeführt worden.

Von diesem Tag an meldeten sich nur noch wenige für die Transporte, und die Nazis kamen mit Soldaten ins Getto und umstellten ein paar Häuser und prügelten die Menschen hinaus, und wer nicht gehen wollte, wurde erschossen. Sie schossen mit Maschinenpistolen in die Wohnungen. Nach jedem Überfall rannten Mütter durch die Straßen und schrien nach ihren Kindern, und von oben sahen sie aus wie arme Tiere, denen der Schmerz den Verstand geraubt hat.

Man hörte viel von Menschen, die sich erhängt hatten, weil sie den Hunger nicht ertragen konnten.

Henryk redete jetzt oft von seinen Operationen, und seine Hände machten die Schnitte mit, die er erklärte, und sie nähten und hämmerten und wuschen sich in einem unsichtbaren, dampfenden Wasser. Er redete von Operationen, die viele Stunden gedauert hatten.

Abrasha lachte. »Wozu, Henryk?«, fragte er.

»Was heißt, wozu? Wir haben dem Patienten das Leben gerettet. Ist das nicht genug?«

»Wozu?«, fragte Abrasha geduldig. »Ihr habt stundenlang an ihm herumgeflickt und euch alle Mühe gegeben. Vielleicht ist dabei einer Schwester schlecht geworden, und ein Arzt musste sich ablösen lassen, und das Ganze hat endlos gedauert und nicht wenig gekostet, und alle haben sich über den Erfolg gefreut, und dann ist euer Patient in diesem verfluchten Krieg gefallen. Oder verhungert. Oder er sitzt hier im Getto und wartet auf den Tod. Oder sie haben ihn schon gefangen und in einen Viehwaggon gepfercht und wie eine Kuh zur Schlachtbank geführt, und er ist in einem Lager erschossen worden oder vergast oder – weiß Gott, zu was diese Nazis noch alles im Stande sind.«

»Man soll nicht grübeln«, sagte Henryk, »man beginnt sich dann selber auszulachen. Da hat man sein Leben lang gearbeitet, und dann merkt man, dass alles vergeblich war.«

»Sie werden das ganze Getto töten«, sagte Abrasha langsam, »Straße für Straße werden sie die Menschen vernichten, bis hier nichts mehr übrig bleibt als ein Totenbezirk der Stadt. Leere Häuser. Wasserleitungen, bei denen sich niemand mehr wäscht, Betten, in denen niemand mehr schläft. Eine tote Stadt, in der keine Kinder mehr geboren werden und keine alten Leute mehr sterben.«

»Das werden sie nicht tun«, sagte Henryk. »Sie können ein paar tausend töten, aber nicht hunderttausend oder dreihunderttausend.«

»Sie können es«, sagte Abrasha, »wir werden es erleben.«

»Ich glaube, ich könnte nicht mehr operieren«, sagte Henryk ängstlich, und er betrachtete seine Hände, »ich könnte es nicht. Denn immer, wenn jemand vor mir läge, müsste ich daran denken, dass ich ihn vielleicht nur zusammenflicke, damit er später noch schrecklicher stirbt.«

Der Rauch aus vielen Schornsteinen hing über der Stadt.

»Spielen wir Schach?«, fragte Henryk.

»Warum nicht? Warum nicht Schach?«

»Sie sind mein letzter interessanter Fall«, sagte Henryk, »wissen Sie, dass Sie nach allen medizinischen Erfahrungen schon mindestens sechs Wochen tot sein müssten?«

»Das freut mich«, sagte Abrasha düster, »ich weiß zwar wirklich nicht, wozu ich lebe, aber ich lebe.«

Sie stellten die winzigen Schachfiguren auf das Brett.

»Ich habe nie gedacht, dass ich mit einem Chefarzt Schach spielen würde«, sagte Abrasha stolz, »vielleicht bin ich nur deshalb noch am Leben, um Sie einmal zu schlagen.«

»Versuchen Sie es«, sagte Henryk. Seine Hände zitterten ein wenig, als er den Königsbauern zwei Felder nach vorne schob.

Der Friedhof war schon lange kein Friedhof mehr. Er war eine riesige, kahle Fläche, die aussah, als hätten große Maulwürfe in ihr gewühlt. Nur die Mauern waren noch aus früheren Tagen, Mauern, an denen der Efeu herabhing und die nach ewiger Ruhe aussahen. Am Eingang stand eine hölzerne Baracke mit lächerlich hellblau gestrichenen Fensterrahmen. Die Karren machten dort halt, standen in langer Reihe, und ein Aufsichtsbeamter ging sie langsam entlang, ohne aufzusehen. Er trug eine Zahl in eine Liste ein, und es war ihm peinlich, nach der Anzahl der Toten zu fragen. Die Karrenführer hatten sie abzuzählen, aber sie gaben sich längst nicht mehr die Mühe. Sie schätzten nach dem Gewicht.

Leon Mendelsohn war ein alter, kahlköpfiger Friedhofsbeamter. Früher hatte er die Toten säuberlich in ein Buch mit grünem Deckel eingetragen, und es war ihm fast zur Gewohnheit geworden, das in der Dämmerung zu tun und dabei Kaffee zu trinken.

Er liebte die Dämmerung und den Geruch des Kaffees und den Anblick des Friedhofes durch das Fenster, und er hatte mehr als hundert wohlgesetzte Trostworte für die Anverwandten, die kamen, um zu sehen, ob mit dem Grab alles in Ordnung war. Als das große Sterben im Getto begann, hatte man den Juden Mendelsohn an seinem Platz gelassen, und am Anfang hatte er versucht, das Buch mit dem grünen Deckel fortzuführen, bis es ihm zu viel geworden war. Er hatte einen zweiten Schreiber als Hilfe bekommen, und zusammen bewältigten sie die Arbeit und trugen die Namen in Listen aus schlechtem Papier ein, und wenn sie keinen Namen wussten, was öfters vorkam, dann malten sie drei Kreuze und setzten Alter und Geschlecht ein.

Dov, der Gehilfe, war fünfundzwanzig und schrieb heimlich Gedichte, war immer hungrig, und manchmal saß er über den Listen und malte statt der drei Kreuze prächtige Grabsteine mit Engeln und Löwen und Schwertern, und er erfand Namen für die Toten.

Leon Mendelsohn hatte Pavel einmal sein grünes Buch gezeigt, und er hatte dabei die Brille abgenommen und geweint. Er meinte nämlich, dass die Toten ihre Ordnung haben müssten, dass solche Massengräber am Jüngsten Tag Verwirrung auslösen würden, dann würde alles durcheinander laufen, und manche würden ihre Namen vergessen haben und sie nicht einmal in dem Buch mit dem grünen Deckel suchen können.

Als die Inspektion kam, war Pavel eben dabei, den Wagen reinigen zu lassen. Sie spritzten die Karren mit Desinfektionsmitteln ab, und es roch nach Krankheit und Spital. Der Inspektionsoffizier war klein und dick und hatte breite Tränensäcke unter den Augen. Mendelsohn begrüßte ihn nervös, und der zweite

Offizier, ein junger Bursche, sah über ihn hinweg. »Ich möchte Sie mit Hauptmann Klein bekannt machen«, sagte der Mann mit den Tränensäcken unter den Augen. Friedhofsmajor nannten ihn die anderen, und er war froh, den Friedhof loszuwerden.

»Jawohl, Herr Major«, sagte Mendelsohn.

Mit dem Major war er immer gut ausgekommen. Der konnte die Kälte nicht vertragen, und im Winter hatte er stets über seine erfrorenen Füße gejammert. Der Major lebte außerdem in ständiger Angst vor der Ansteckung. Das Desinfizieren der Leichenkarren war sein Einfall gewesen, und er achtete peinlich darauf, dass es gründlich durchgeführt wurde.

»Dann werde ich mir den Laden einmal ansehen«, sagte Hauptmann Klein. »Wer ist dieser Mann?«

»Das ist Pavel Kaufmann, Herr Hauptmann«, sagte Mendelsohn vorsichtig, »er ist für die Leichenkarren verantwortlich.«

»Sind Sie Arzt?«, fragte Klein. Eine Narbe zog sich quer über seine linke Wange, von der er behauptete, er habe sie beim Fechten abbekommen, und die in Wirklichkeit von einem Bierglas herrührte, das ihm ein Trinkkumpan an den Schädel geworfen hatte.

»Nein«, sagte Pavel, »ich bin Maler.«

»Verdammte Schweinerei«, sagte Klein laut, »wieso haben Sie hier keinen Arzt?«

»Weil die Leute, die wir begraben, schon tot sind«, sagte Pavel.

Klein sah ihn prüfend an, und die Narbe an seiner Wange wurde dunkelrot.

»Wollen Sie mich auf den Arm nehmen, Mann?«, brüllte er. Mendelsohn wich erschrocken einen Schritt zurück, er verstand nur wenig von der Unterhaltung, sein Deutsch reichte gerade aus, um sich verständlich zu machen.

»Nein«, sagte Pavel. Er ließ die Hand nicht von dem Karren. »Aber die Leute hier sind wirklich tot.«

»Danach habe ich Sie nicht gefragt«, brüllte Klein. Der Friedhofsmajor sah sich nervös um. Er hatte keine Lust, hier lange herumzustehen.

Klein ließ Pavel nicht aus den Augen. »Was haben Sie eigentlich hier zu tun?«, fragte er wütend. Pavel merkte, wie die Wut in ihm hochkletterte. »Ich?«, fragte er. »Ich male die Grabschilder. Nette, kleine Grabschilder mit Bildchen darauf, damit man gleich sieht, woran jeder gestorben ist.«

»Glatte Zeitverschwendung«, sagte Klein ungehalten. Pavel merkte, wie der Friedhofsmajor sich mühsam ein Lachen verbiss.

»Jawohl, Herr Hauptmann«, sagte Pavel.

»Ab heute werden keine Schilder mehr gemalt, verstanden?«

»Jawohl, Herr Hauptmann.«

Klein schien noch nicht zufrieden. »Wie in einem Schweinestall sieht es aus hier, und es stinkt nicht wie auf einem Friedhof, sondern wie in einem Krankenhaus.«

»Das sind die Desinfektionsmittel«, sagte Pavel, »ursprünglich wollten wir hier den Geruch von Tannen erhalten und von Efeu und Kerzen, aber der Major hat Desinfektionsmittel befohlen.«

»Lassen Sie das«, sagte der Major, »das habe ich befohlen.«

»Gut«, sagte Klein, »wie viel sterben so im Durchschnitt?«

»Am Tag oder in der Woche?«, fragte Pavel.

»Ich könnte ja die Listen holen«, sagte Mendelsohn, »wir haben alles aufgeschrieben.«

»Sie werden die Zahl wohl doch noch im Kopf haben, wie?«

Pavel sah seine Stiefel, die wie Spiegel glänzten, und er sah die sauberen Gamaschen und wie Klein auf und ab wippte.

»Tausend«, sagte er, »tausend pro Woche. Manchmal mehr, manchmal weniger.«

»Tausend Juden«, sagte Klein, »Juden haben Sie dazuzusagen, verstanden! Also, wie viele?«

»Tausend«, sagte Pavel langsam. Seine Finger krampften sich um das Holz des Karrens. Er roch den süßlichen Geruch des Desinfektionsmittels.

»Tausend Juden«, schrie Klein, »kapieren Sie das?«

»Nicht in dem Ton, wie Sie es aussprechen«, sagte Pavel.

Klein verkrampfte sich. »Wie spreche ich das aus?«

»Juden«, sagte Pavel, »das sind für Sie dreckige, kleine Läuse.«

»Läuse«, schrie Klein, »und weiter?«

»Wenn ich sage, tausend Juden, dann sind es für mich tausend Männer, tausend Frauen oder tausend kleine Kinder.«

»Ah«, sagte Klein mühsam, »ah. Haben Sie das gehört, Herr Major?«

»Ach was«, sagte der Major. Er war müde. Der Friedhof ging ihm auf die Nerven. Er hatte am Vortag beim Kartenspiel verloren, und seine Frau schrieb, dass der Sohn in der Schule Schwierigkeiten bereite. »Sie dürfen nicht alles so wörtlich nehmen, Klein. Die Leute haben nicht genug zu essen, und das drückt die Laune, was?« Er hatte Kopfschmerzen.

Klein nagte an seiner Unterlippe.

»Darüber sprechen wir noch«, sagte er drohend.

»Jawohl«, sagte Pavel.

»Es sterben zu wenig«, sagte Klein, »das ist es. Solange sie Zeit haben, Schilder zu malen, sterben zu wenig. Aber wir werden schon mit ihnen fertig werden. Sie werden noch alle froh sein, sterben zu dürfen.«

»Die Kinder sind jetzt schon froh darüber«, sagte Pavel leise, »es ist kein Vergnügen, den Typhus zu haben und auf der Straße zu verhungern.«

Klein antwortete nicht.

»Hören Sie auf mit diesen Dingen«, sagte der Friedhofsmajor, »Sie scheinen ein Vergnügen daran zu haben, anderen Leuten den Appetit zu verderben.«

»Jawohl, Herr Major«, sagte Pavel. Mendelsohn starrte ängstlich zu Boden. In der Baracke arbeitete der Gehilfe an den Listen. Er tat es schlampig und blickte manchmal aus dem Fenster. Die Männer bei den Karren standen stumm und feindselig, und zuweilen spuckten sie aus.

»Na ja«, sagte Klein, »na ja.« Sie gingen zu ihrem Wagen zurück. Und Pavel wusste, dass er sich einen Todfeind geschaffen hatte. Der Wagen schoss vorwärts. Der Friedhofsmajor ließ eine Hand aus dem Fenster hängen. Es war drückend heiß, und der Staub flirrte in der Luft.

»Ich muss etwas trinken«, sagte Pavel, »bei Gott, jetzt muss ich etwas trinken.«

Mendelsohn sah ihn strafend an. »Sie trinken sich zu Tode, Pavel«, sagte er. »Es geht mich ja nichts an, aber Sie essen fast nichts, und dafür trinken Sie diesen widerlichen Fusel.«

»Schnaps«, sagte Pavel, »aus Kartoffeln gebrannt. Man kann sich gar nicht vorstellen, dass es noch Leute gibt, die so etwas machen. Als ob es massenhaft Kartoffeln gäbe.«

»Und woher haben Sie ihn?«

»Die Deutschen haben ihn mitgebracht. Aus den Dörfern. Trinken ihn natürlich nicht, aber sie handeln damit. Es ist noch genug da.«

Sie gingen in die Baracke, und ihre Schuhe wirbelten den Staub hoch.

Dov kritzelte lustlos auf einer Liste.

»Na, Kleiner«, sagte Pavel, »rück schon die Flasche heraus.«

»Sie sollten nicht trinken«, sagte Dov und griff in den Ofen. Die Flasche war noch zu zwei Dritteln voll.

»Du kannst einen Schluck haben«, sagte Pavel. Dov verzog das Gesicht. Pavel ließ die Flüssigkeit in sich hineinrinnen, sie war bitter und scharf und trieb die Tränen in die Augen und schmeckte doch nach Erde und Kartoffeln und schwarzen Äckern.

»Wieder ein Gedicht gemacht?«

»Ich mache keine Gedichte. Man erzählt es. Aber das ist nicht wahr!«

»Natürlich machst du Gedichte.«

»Nein«, sagte Dov trotzig.

»Du solltest spazieren gehen können«, sagte Pavel, »und die Mädchen anlachen. Und verrückt sein. Lachen. Du machst Friedhofsgedichte, was?«

»Nein.«

Pavel trank noch einmal aus der Flasche und spürte, dass ihm besser wurde. »Das ist das beste Gedicht«, sagte er, »das ist zwar dreckiger, krank machender Schnaps, aber da ist alles drin. Die Finsternis der Kartoffel unter der Erde und die ersten Keime und das erste Tageslicht und die Sonne und der Regen und die Hitze und die Hände der Bäuerinnen, die die Kartoffeln in Säcke legen. Gute Hände von dicken Bäuerinnen mit runden Gesichtern. Und sogar der Geruch der Säcke ist noch drinnen.«

»Man wird blind davon«, sagte Mendelsohn.

»Und? Was ist dabei? Ist es schlecht, blind zu sein? Haben Sie seine Stiefel gesehen? Lackstiefel. Mit denselben Stiefeln tritt er Sie in den Bauch, und nachher lässt er sie wieder putzen. Mit diesen Stiefeln trampelt er auf unseren Toten herum und nennt sie kleine Judenläuse.«

»Sie sollen nicht solche Dinge sagen«, sagte Mendelsohn. Er setzte sich und übersah die Flasche und sah hinaus auf den Friedhof.

»Das war einmal ein guter Friedhof«, sagte er, »ein wunderbarer Friedhof. Die Leute sind hergekommen, wenn sie mit ihren Toten allein sein wollten. Sie haben geweint, und sie haben nachgedacht. Niemand hat sie dabei gestört. Heute können sie nirgends weinen, weil keiner ein eigenes Grab hat und weil sie es gar nicht dürfen. Und wenn sie es dürften, würden sie dauernd das Rumpeln der Leichenkarren hören.«

»Sie sollten einen Schluck trinken«, sagte Pavel, »alle solltet ihr einen Schluck trinken.«

»Ich muss die Listen fertig machen«, sagte Mendelsohn. Pavel stand auf, und er merkte, dass seine Glieder schwer waren und dass er ein wenig betrunken war, und es tat ihm gut, betrunken zu sein.

»Sie können nichts anderes tun, als Listen zu schreiben. Und Dov wird Gedichte machen. Die Welt geht neben euch aus den Angeln, alles fällt zusammen und kracht auf euren Kopf, und sie schlagen euch alles zusammen, was ihr habt, aber ihr werdet immer noch dasitzen und Listen schreiben mit Nummern und die Listen in Ordner heften und den Ordnern Nummern geben, und Dov wird Gedichte dazu machen.«

»Wir können nichts anderes tun«, sagte Mendelsohn. Er begann zu schreiben. Vielleicht hatte ihm ein Deutscher den Willen gebrochen, als er ihm mit dem Kolben gegen Bauch und Unterleib geschlagen hatte, vielleicht war er aber nichts weiter als ein Schaf, das sich abschlachten ließ, vielleicht hatte er schon zu viel mit dem Tod zu tun gehabt.

Dov begleitete Pavel hinaus. »Sie sollten nicht immer von meinen Gedichten sprechen«, sagte er, »ich mag das nicht.«

»Wie alt sind Sie eigentlich?«

»Fünfundzwanzig.«

»Komisch«, sagte Pavel, »ich kenne Kinder, die sind zwölf und schon älter als du.«

»Was soll ich denn tun?«, sagte Dov.

»Am Leben bleiben«, sagte Pavel, »du hast keine Kraft und keinen Mut, aber für irgendetwas wirst du schon gut sein. Vielleicht wirst du ein großer Dichter.«

»Ich bin nicht feig«, sagte Dov. Pavel lachte. »Aber ich«, sagte er, »sonst würde ich nicht Schnaps trinken, sondern etwas Vernünftiges tun.«

»Aber ich bin nicht feig«, sagte Dov.

»Leben deine Eltern noch?«

»Sie sind mit dem ersten Transport fort.«

»Hast du ein Mädchen?«

Dov wurde rot. »Nein«, sagte er, »und wenn, würde ich es Ihnen nicht sagen.«

Pavel lachte. »Ist gut, Dov«, sagte er, »wenn ich Zeit habe, werde ich eines deiner Gedichte lesen, falls du Lust hast, sie mir zu zeigen.«

»Verstehen Sie etwas davon?«

»Nein. Nur so viel, dass sie alle verlogen sind. Sprechen vom friedlichen Tod und so. Sanfter Todesengel. Ich denke oft an den sanften Todesengel, wenn ich mit dem Karren fahre.«

Er ließ Dov stehen. In der Ferne rumpelte ein verspäteter Karren. Vielleicht hatte er ein Rad gebrochen gehabt, oder eine zweite Tour war notwendig gewesen, mitten am Tag. Das kam jetzt öfters vor. Man konnte die Toten nicht lange liegen lassen.

Wenn man die Augen zu schmalen Schlitzen machte, sah man nur die Erde und hörte das Rumpeln des Karrens. Man konnte denken, ein Bauernwagen holpere über einen Acker.

8 Auch in Loleks Hof begann der Hunger zu wüten. Die Überfälle der Deutschen hatten zugenommen. Es verging kein Tag, an dem sie nicht gekommen wären. Im Bahnhof standen lange Züge, in denen schreiende Menschen weggeführt wurden. Manchmal kam einer vom Bahnhof zurück, weil er mit seiner Arbeitskarte nachweisen konnte, dass er in einer Fabrik beschäftigt war. Für Arbeitskarten wurden ungeheure Preise bezahlt. In einem Keller, in der Nähe der Gettomauer, hatte sich eine Fälscherwerkstatt eingerichtet, die Arbeitskarten erzeugte. Für Kinder gab es keine Möglichkeit, den Transporten zu entkommen. Sie schrien den ganzen Weg über nach ihren Eltern; manchmal rannte eine Mutter hinter den Soldaten her und flehte sie an, ihr das Kind zurückzugeben. Die Soldaten wandten sich ab, wenige lachten, viele wagten es nicht, den Frauen in die Augen zu sehen. Es sah aus, als schämten sie sich. Die Kinder, die keine Eltern hatten, waren meist ruhig, wenn sie erwischt wurden. Monatelang hatten sie allein gelebt oder in kleinen Banden. Sie waren gewohnt, auf sich selbst ange-

wiesen zu sein. Sie benützten jede Kleinigkeit, die sich ergab, um aus der Reihe auszubrechen; sie rannten um ihr Leben, und die Soldaten schossen ihnen nach, und manchmal zog sich eine breite Blutspur durch die Gassen. Aber die Kinder gaben nicht auf, und sie rannten, bis sie nicht mehr konnten, und sie krochen in einen versteckten Winkel und starben ohne einen Laut, ohne Klagen, ohne Gebet. Nur nach ihren Eltern riefen sie. Auch wenn sie wussten, dass die Eltern tot waren. Und sie blickten gegen den Himmel, als schwebten die Eltern als Engel durch das Getto und wären immer da, um das Leid ihrer Kinder zu sehen.

Es wurde immer schwieriger, über die Gettomauern zu kommen. Loleks Bande schloss sich enger zusammen. Sie gruben sich in die Erde, und sie schleppten ihre Fässer in dunkle Keller und verbarrikadierten die Eingänge. Ständig standen ein paar Burschen Wache, und bei der leisesten Gefahr gaben sie ein Zeichen. Nur wenn alles ruhig war, wagten sie sich in den Hof. Aber was immer sie taten, ob sie dalagen und hinaufstarrten zu den Fenstern des vierten Stockes oder über gleichgültige Dinge redeten, immer lauschten sie mit einem Ohr auf die Geräusche der Straße wie Hasen, die auf den Wolf warten. Loleks Nase war spitzer geworden. Dreimal hintereinander waren Burschen aus seiner Gruppe von ihren Streifzügen nicht zurückgekehrt. Dreimal hatten sie die Schüsse der Wachen gehört und waren ohne ein Wort zurückgegangen. Sie wussten, dass die Wachen später den Toten ins Getto werfen würden, aber sie wollten ihn nicht sehen. Die Nächte waren dunkel und voller Geräusche, manchmal waren die Toten nur die Köder, die von den Wachen ausgelegt wurden, um Leute anzulocken.

»Drei Brote«, sagte Lolek, »drei Brote. Das ist nicht viel.« Die

Sonne lag über dem Hof und spiegelte sich in den zerbrochenen Fensterscheiben. Zweimal hatte das Haus seine Mieter verloren. Zweimal war es von den Deutschen umstellt und geräumt worden. Neue Leute waren gekommen. Leute, die bisher auf den Straßen geschlafen hatten. Sie trugen ihre Bündel in die Wohnungen und lehnten sich aus den Fenstern, und einen Augenblick sahen sie fast glücklich aus dabei.

»Ich werde es versuchen«, sagte Michel.

»Nicht du. Ich will keinen Ärger mit Wanda.«

»Ach was, Wanda. Sie behandelt mich wie ein Kind. Ich habe lange genug zugesehen, wie ihr über die Mauer gegangen seid.«

»Ich werde jemand anderen schicken«, sagte Lolek.

Michel blickte ihn herausfordernd an. »Glaubst du, dass ich es nicht kann?«

»Doch.«

»Und warum willst du mich nicht gehen lassen?«

Lolek überlegte.

»Wir haben nur noch drei Brote«, sagte Michel. Sein kleiner Körper straffte sich. Er hatte die Fäuste geballt und sah sich kriegerisch um.

»Es ist zu gefährlich«, sagte Lolek, »ich habe Wanda versprochen, dass ich auf dich aufpasse.«

»Du brauchst nicht auf mich aufzupassen«, sagte Michel zornig, »niemand braucht auf mich aufzupassen. Das Brot ist heute Abend weg, und wir haben nichts zu essen. Also muss jemand gehen.«

»Schon gut«, sagte Lolek, »aber du kennst dich in Warschau nicht aus. Wenn du über die Mauer kommst, stehst du da und weißt nicht weiter.«

»Du kannst mir eine Karte mitgeben«, sagte Michel trotzig, »das hast du schon öfters gemacht. Ich habe es gesehen.«

Lolek blickte sich im Hofe um. Ein paar seiner Leute waren unterwegs. Die anderen lagen im Keller und schliefen, oder sie hockten mit dem Rücken an der Wand und hatten die Gesichter der Sonne zugewandt. Irgendjemand hatte ihnen gesagt, viel Sonne sei gut gegen Hunger.

»Schön«, sagte Lolek, »wie du willst.« Er sah Michel nicht mehr an, der geduckt dastand und dabei noch kleiner aussah.

»David«, sagte er laut.

David war ein hoch aufgeschossener Bursche mit kleinen, eng beisammenstehenden Augen. Er hustete oft, und seine Hautfarbe war leicht gelblich. Er hielt sich die Hand vor den Mund, während er näher kam.

»Was denn?«

»Michel geht heute. Ich werde ihm einen Plan mitgeben. Was sagst du?«

»Heb den Arm«, sagte er. Michel folgte, ohne zu zögern, und David tastete schnell über die Muskeln. »Spannen«, sagte er. »Er hat wenig Muskeln.«

»Pah«, sagte Michel, »ich nehme es mit jedem auf. Ich bin ein guter Läufer.«

»Du musst über die Mauer«, sagte David fachkundig, »da nützt es dir gar nichts, dass du ein guter Läufer bist. Siehst du im Dunkeln?«

»Genau wie am Tag.«

»Na schön«, sagte David, »wir können es ja versuchen.«

»Erklär es ihm«, sagte Lolek, »ich mache ihm die Karte.« Er erhob sich mühsam und hinkte zum Keller. Sein Bein wurde immer schlimmer, aber er sprach zu niemandem davon. Auch nicht zu Lersek. Manchmal wandte er sich scharf um, um zu sehen, ob jemand lachte. Er wusste nicht, woher die Schmerzen kamen, aber er konnte mit dem linken Bein nur noch mühsam auftreten.

»Setz dich«, sagte David. Er blinzelte zu Patye hinüber. »Na, Frosch«, sagte er.

David war im Besenbinderviertel aufgewachsen. Seine Mutter hatte die Stiegen von fremden Leuten gewaschen, der Vater war lange tot. Die Mutter lebte noch im Getto, und manchmal sah er sie, wie sie mit schmerzendem Rücken über die Gasse ging. Er hatte drei kleine Geschwister, und er brachte ihnen jeden Abend ihren Anteil. Er teilte seine Ration in fünf gleiche Stücke, und manchmal verzichtete er auf sein eigenes. Und manchmal überkam ihn der Hunger, und er aß zwei Stücke, und nachher schämte er sich und weinte und kniete nieder und betete.

»Du hast doch keine Angst?«, fragte er.

»Nein«, sagte Michel tapfer.

»Ich erkläre es allen«, sagte David, »aber bei den Letzten hat es nichts genützt. Am liebsten ginge ich selbst.«

»Du kannst nicht immer gehen«, sagte Michel, »und ich mache das schon.«

»Du darfst nicht stehen bleiben«, sagte David, »das ist der größte Fehler. Benek zum Beispiel ist stehen geblieben, als sie angefangen haben zu schießen. Er hat links und rechts die Kugeln gehört und Angst gehabt, in die Kugeln hineinzulaufen. Aber wenn du stehen bleibst, dann können sie zielen.«

»Ich weiß«, sagte Michel.

»Hör zu«, sagte David. »Wir schieben dich hinauf. Du musst

sehen, dass du dich festhältst. Oben sind Glasscherben. Und Stacheldraht. Wir wickeln dir die Hände ein. Wenn sie sofort schießen, lässt du dich zurückfallen, verstanden? Du darfst keine Angst haben. Einfach zurückfallen lassen.«

»Ihr fangt mich schon auf, ja?«

»Klar«, sagte David, »ich bleibe unten stehen. Wenn du oben bist, wenn du richtig stehst oder liegst, dann darfst du nicht mehr zurück. Dann spring hinunter. Aber du musst hoch springen. Einmal ist einer zu niedrig gesprungen und im Stacheldraht hängen geblieben. Wenn du unten bist, dann musst du nur laufen.«

»Ist es arg?«, fragte Michel.

»Es geht. Du läufst, und sobald du ein Stück weg bist, versteckst du dich irgendwo und wartest eine halbe Stunde.«

»Und wie komme ich zurück?«

»Wir geben dir eine Uhr mit. Um zwei werfen wir ein Seil über die Mauer, da sind die Wachen schon vorbei. Du kommst am Seil herüber. Aber wir können das Seil nur ganz kurz liegen lassen, sonst sehen es die Wachen.«

»Schon gut«, sagte Michel.

»Wenn es nicht klappt, bleibst du einen Tag drüben«, sagte David, »das kommt öfters vor. Oder du versuchst es durch ein Tor, aber das würde ich dir lieber nicht raten.«

Patye kam herüber. »Was habt ihr denn wieder Wichtiges zu besprechen?«, fragte sie. »Immer habt ihr so wichtige Dinge.«

»Lass mich in Ruhe, Frosch«, sagte Michel.

»Gestern habe ich einen Käfer gefangen«, sagte Patye.

»Na und?«

»Einen großen mit schwarzen Hörnern.«

»Gibt es nicht«, sagte Michel, »es gibt keine Käfer mit Hörnern.«

»Ich habe ihn eingesperrt«, sagte Patye triumphierend.

»Wo?«

»In einer Streichholzschachtel.«

»Wir könnten ihn ja einmal ansehen«, sagte Michel, »zeig her.«

Patye kniete nieder und zog eine schmutzige Schachtel hervor. »Er hat Hörner«, sagte sie.

»Zeig her«, sagte Michel gespannt. Sie öffneten vorsichtig den Deckel. Ein schwarzer Käfer bemühte sich, über den Rand zu gelangen.

»Er hat wirklich Hörner«, sagte Michel.

»Zwei sogar«, sagte Patye.

Auch David kniete nieder.

»Manche Käfer kann man essen«, sagte er. Die anderen kamen näher. »Patye hat einen Käfer!«, riefen sie. Sie kamen aus dem Keller und blinzelten in die Sonne. Ein muffiger Geruch von Keller hing an ihren Kleidern. Der Käfer bewegte sich ein Stück und blieb dann wieder reglos liegen.

»Wie viele Beine er hat«, sagte Patye.

»Es gibt Käfer, die noch viel mehr Beine haben«, sagte ein Mädchen.

»Ich würde ihn rauslassen«, sagte David, »man kann ihn doch nicht essen.«

»Aber er hat so schöne schwarze Hörner«, sagte Patye.

»Man könnte ihm ein Haus machen«, schlug Michel vor.

»Käfer haben keine Häuser«, sagte David, »warum sollten ausgerechnet die Käfer Häuser haben?«

»Natürlich haben sie Häuser«, sagte Patye, »aber die sind unter der Erde. Man sieht sie nicht. Oder warst du schon unter der Erde?«

»Im Bunker«, sagte David.

»Aber nicht unter der Erde. Käfer haben kleine Häuser mit Fenstern.«

David lachte.

»Vielleicht haben sie wirklich Häuser«, sagte Michel, »wir könnten ihm eines bauen. Ist ja gleich geschehen«, sagte er entschuldigend.

Sie begannen zu bauen. Sie hoben eine Grube aus und schichteten den Sand zu Mauern und machten Löcher hinein für die Fenster. Ihre Gesichter waren rot vor Eifer. Selbst David hockte sich nieder, als man sich über die Form des Daches nicht einig werden konnte. Ganz zuletzt wurde der Käfer in das Haus gesetzt. Es war ein riesiges Haus für einen Käfer, mit vielen Fenstern und Türen. So riesig, dass der Käfer darin verschwand und nicht wiederkam. »Er gräbt sich einen Keller«, sagte Patye.

Die Nacht war dunkel. Wolken zogen unentschlossen über den Himmel. Ein warmer Wind wehte über das Getto und wehte den Geruch von Staub und Typhus über die Dächer.

»Noch nicht«, sagte David. Sie standen nebeneinander hinter den Resten einer Gartenmauer. Hier musste einmal eine Laube gewesen sein und vielleicht auch ein hölzerner, grün gestrichener Zaun rund um Obstbäume. Den Zaun und die Bäume hatte man verheizt, und von der Laube waren ein paar Metallstücke geblieben, die sich wie Rippen über die nackte Erde wölbten.

»Ganz eng an die Mauer pressen, wenn eine Streife kommt«, sagte David, »und ja nicht rühren, auch wenn sie rufen oder schießen. Manchmal tun sie nur so, als ob sie jemanden gesehen hätten. Wenn du dich rührst, werfe ich dir etwas auf den Kopf. Hast du die Uhr?«

»Ja«, sagte Michel. Ihn fröstelte, obwohl die Nacht warm war.

»Da drüben haben wir öfters Fußball gespielt«, sagte David. »Spielst du Fußball?«

»Ja«, sagte Michel.

»Was spielst du?«

»Stürmer. Aber sie haben mich nicht oft mitspielen lassen. Ich war zu klein.«

»Ich bin auch Stürmer«, sagte David. »Schlaf nur nicht ein.«

»Ich habe keinen Schlaf.«

»Ich bin das gewohnt«, sagte David, »meine Mutter war oft die ganze Nacht auf und hat gearbeitet, und ich bin bei ihr gesessen und habe ihr etwas erzählt. Meistens bin ich aber dann doch eingeschlafen.«

»Wenn ich erst über die Mauer bin!«, sagte Michel.

»Es ist ganz leicht«, sagte David, »man hat nur das erste Mal Angst. Wenn du erst ein paar Mal drüben warst, ist dir das ganz egal.«

»Wirklich?«

»Wirklich.«

»Und wenn sie mich erwischen?«

»Ach, was!«

»David«, sagte Michel leise, »glaubst du, dass Sterben weh-tut?«

»Wenn man in den Bauch geschossen wird, schon«, sagte

David, »oder in den Rücken. Aber wenn du Glück hast, bist du sofort tot. Aber Benek zum Beispiel, der hat noch gelebt, das habe ich gehört.«

»Warst du mit Benek auch da und hast ihm alles erklärt?«

»Klar.«

»Hat er Angst gehabt?«

»Nicht direkt«, sagte David.

»Und wenn mir etwas passiert, wirst du mit dem Nächsten herkommen, was?«

»Kann sein«, sagte David.

»Glaubst du, dass man es vorher weiß, wenn man stirbt?«

»Weiß nicht. Vielleicht.«

»Ich weiß es«, sagte Michel. »Ich glaube, meine Mutter ist auch tot.«

»Wenn du willst, gehe ich«, sagte David, »ich wollte ohnehin hinüber. Und für mich ist das ganz leicht. Es macht mir nichts aus. Ich brauche auch keinen Plan.«

»Nein«, sagte Michel, »ich gehe schon. Ich habe auch keine Angst mehr. Gar keine Angst.«

David beobachtete die Uhr.

Man hörte starke Schritte. Eine Männerstimme lachte. Es waren drei Männer auf der anderen Seite der Mauer. Sie hielten nicht an.

»Ist Benek hier erschossen worden?«, flüsterte Michel.

»Weiter vorn«, sagte David. Sie lagen, und sie hörten die Stimmen und Schritte leiser werden. Sie holten ganz tief Luft, und David beobachtete den Mond, und wie die Wolken vor ihm anhielten und ihn nicht zudecken wollten, weil er sich zierte und ihnen auswich.

»Lausige Wolken«, sagte David, »soll nicht doch lieber ich gehen?« Michel schüttelte den Kopf.

»Dann los«, sagte David. Er sah Michel von der Seite an. »Dreimal auf den Boden spucken«, flüsterte er.

»Warum?«, fragte Michel Bronsky zitternd.

»Das hilft.«

»Auch gegen Gewehrkugeln?«

»Auch. Gegen Zahnweh, Gewehrkugeln, gegen die SS. Was du willst. Los, spucke.«

»Ich kann nicht spucken«, sagte Michel, »ich habe das nie zusammengebracht.«

»Verdammt«, sagte David zornig, »das fehlte gerade noch. Warum hast du das nicht gleich gesagt? Da muss es ja schief gehen.«

Klein und unscheinbar stand Michel Bronsky neben ihm. Sein Gesicht war ein kalkweißer Fleck.

»Ich kann doch nichts dafür«, sagte Michel. Er kämpfte mit den Tränen der Angst und der Wut darüber, dass er nicht spucken konnte.

»Ich mach es für dich«, sagte David. Er spuckte dreimal. »Wird schon helfen«, sagte er tröstend. »Los jetzt.«

Sie rannten geduckt zur Mauer, die breit und feindselig im Mondlicht lag. »Hinauf«, sagte David. Er fasste Michel und hob ihn hoch, und er spürte, wie leicht er war und wie sein Herz schlug. Michel bekam den oberen Rand der Mauer zu fassen, und er krallte sich daran fest, und David schob ihn in die Höhe. Er spürte Stacheldraht, und etwas Spitzes riss ihm die Hand oberhalb der Tücher auf. Er kam mit dem Gesicht über die Mauer und stemmte sich hoch. Einen winzigen Augenblick schwebte er ohne Gleichgewicht, drohte zu fallen, riss sich hoch, dann war er auf der Mauer, zwischen Scherben und Stacheldraht. Drüben war es sehr hell. Undeutlich sah er die Schatten der Häuser und weiter drüben den Wachtturm, und die Angst fasste so mächtig nach ihm, dass er Mühe hatte, sich festzuhalten. Nichts rührte sich. Er kämpfte mit der Versuchung, sich zurückfallen zu lassen, und hörte unter sich David keuchen. David, der dutzende Male über die Mauer gegangen war.

Die Mauer war hoch, und sie sah von hier aus noch weit höher aus. Er richtete sich auf und stand sekundenlang frei gegen den Himmel. Riesengroß, wie es ihm schien, und die ideale Zielscheibe, und in Wirklichkeit klein und blass, ein ängstliches Bündel Kind, das sich von der Mauer abschnellte und schwer auf dem Boden aufschlug.

Der Aufprall war so heftig, dass es ihn zu Boden warf. Der Schmerz zuckte durch seine Beine, und doch zwang etwas tief in seinem Inneren den Körper wieder hoch. Jemand schrie scharf auf, und gleich darauf zischte eine Maschinengewehrgarbe gegen die Mauer, wischte spielerisch darüber hinweg und hinterließ einen Strich mit feinen Löchern, wie sie eine Mutter in ein geheimnisvolles Pullovermuster macht. Dreck spritzte hoch, und Michel spürte, dass ihm Sand zwischen die Zähne kam. Er rannte los und sah die Häuser näher kommen, und das Maschinengewehr tackte wie ein riesiger Wecker, und die Geschosse flogen bösartigen Wespen gleich über ihn hinweg.

Er rannte und rannte, und er fühlte das Herz schlagen, im wilden Takt. Es klopfte gegen seinen Hals, und die Lunge keuchte ein merkwürdiges Lied, das ihm zu Kopf stieg und ihn zwang immer weiterzukeuchen, und das Keuchen und Schlagen und wilde Singen kamen ihm laut vor wie das Dröhnen einer Fabrik.

Auf einem winzigen Platz kam er zum Stehen. Eine Kirche war da mit tiefen Nischen, in die man sich zwängen konnte. Das Gestein war alt und bröckelig. Es war eine schäbige Kirche mit schäbigen Figuren an den Außenwänden, die vor sich hin lächelten, als kämen sie direkt aus dem Himmel.

Er lauschte. Aber nur das Klopfen seines Herzens war zu hören. Weit entfernt drehte sich ein Scheinwerfer immer im Kreis, und Michel Bronsky duckte sich in seiner Nische, noch immer voll unbeschreiblicher Angst, der Scheinwerfer könne sich bis zu ihm tasten und ihn ans Licht zerren.

Die Figuren lächelten. Es war ein Lächeln, wie es Michel lange nicht gesehen hatte. Die Figuren waren hässlich, aber sie hatten etwas von guten Vätern an sich, die beim Abendessen sitzen und sich nach den Schulaufgaben erkundigen und Späße machen und nach dem Essen Pfeifen anzünden. Michel war zu jung, um etwas von Religion zu wissen. Er hatte seine eigene Vorstellung davon. Er wusste nur so viel, dass es irgendwo ein geheimnisvolles Wesen gab – oder auch mehrere –, das helfen konnte, wenn man in Not war. Und diese Wesen mussten aussehen wie diese Figuren. Einmal hatte er von Heiligen sprechen gehört. Heilige waren nicht jüdisch. Aber wusste Michel, was das war: jüdisch? Heilige gefielen ihm, weil sie gut aussahen und keine Maschinenpistolen trugen. Und deshalb glaubte er an sie.

Michel fühlte, wie er ruhiger wurde. Die Straßen waren spärlich beleuchtet. Die Wolken hatten den Mond eingehüllt und fortgetragen, und nur der laue Wind war geblieben, und er passte zu den Heiligenfiguren. Es war ein guter Wind, und wenn man versuchte, sich ihn vorzustellen, dann würde er aussehen wie eine vergnügte Tante mit einem Hund, und vielleicht hätte er sogar hier zwischen die Heiligenbildnisse gepasst.

Michel zog die Karte hervor. Es war ein Plan von Warschau, auf dem sein Weg mit langen Strichen eingezeichnet war. Er brauchte lange, um die Kirche darauf zu finden, und auf der Karte war sie nur ein winziger Fleck, ohne Dach, ohne Figuren und Nischen.

Er hatte die Richtung nicht stark verfehlt. Die Gettomauer lag hinter ihm. Er hatte es geschafft. Nun hatte er nur noch den Streifen auszuweichen. Männern, die Gewehre trugen und ohne Anruf schossen.

Michel sah noch einmal auf die Heiligenfiguren, dann rannte er los. Und er spürte, wie sie hinter ihm herlächelten. Väter, Onkel, die nichts vom Getto wussten und nichts vom Hunger.

Lersek und Lobowsky schreckten gleichzeitig hoch. Ein eigenartiges Geräusch kam aus dem Hof. Hohe, stammelnde Töne der Fassungslosigkeit.

»Was ist das?«, fragte Lobowsky entsetzt. Seit Tagen schlief er nicht mehr. Und seitdem Henryk oben bei Abrasha Blau blieb, hatte er auch keinen Gesprächspartner mehr. Lersek war abends so müde, dass er schon im Stehen einschlief.

»Der Typhus ist keine leise Krankheit«, sagte Lersek.

»Das ist kein Fieberschrei«, sagte Lobowsky hastig. »In der Klinik haben Mütter so geweint, wenn ihre Kinder starben.«

Sie streiften die Kleider über und stürzten die Treppen hinauf. Im Flur brannte Licht, aber keine Schwester war zu sehen. Sie hörten das Geräusch jetzt deutlicher, Gemurmel von Stimmen aus dem Hof.

Draußen war es dunkel. Ein paar Leute standen im Kreis und starrten auf den Boden. Lersek stieß sie zur Seite, und er sah Wanda, die ihn aus großen Augen ansah.

»Was ist los?«, fragte er barsch.

»Ich konnte nicht schlafen«, sagte sie leise, »und da bin ich hergekommen.«

»Und?«

»Nichts sonst.«

Er sah die Menschen, die in einiger Entfernung von Wanda standen. Sie waren jetzt ruhig. »Was ist los?«, fragte er.

Sie antworteten nicht. Sie wussten, dass er sie nicht verstehen würde, und sie hatten keine Lust zu antworten. Er sah Borkenbach mit ungekämmtem Haar und ohne Hemd. »Es ist wegen der Bohnen«, sagte Borkenbach verlegen. »Sie erinnern sich?«

»Nein«, sagte Lersek, »aber was ist damit?«

»Wir haben sie hier angepflanzt«, sagte Borkenbach, »es war natürlich Unsinn, denn man konnte sich ausrechnen, dass sie irgendwer ausgraben und essen würde. Und sie sind auch niemals durchgekommen. Keine einzige Pflanze.«

»Und?«

»Nichts ›und‹. Mitten in der Nacht ist Wanda gekommen. Wir haben sie hier gefunden. Sie hat auf dem Boden gesessen. Und als sie aufstand, haben wir die Bohnen gesehen. Zwei Pflanzen. Sie müssen mitten in der Nacht aus dem Boden gekommen sein.«

»Ich kann nichts dafür«, sagte Wanda, »ich konnte nicht schlafen.«

»Es ist ein Wunder«, sagte eine Frau. Sie sagte es in dem gleichen hohen, fassungslosen Tonfall, den Lersek schon vorher gehört hatte. »Die Bohnen sind doch gekommen. Richtige Bohnen. Und Wanda hat das gemacht.«

»Gehen Sie zu Bett«, sagte Lersek hart. »Los, gehen Sie schon.« Sie warteten, bis die Menschen zurückwichen, aber sie sahen noch immer das Staunen in ihren Augen.

»Jetzt ist es schon ein Wunder, wenn Bohnen wachsen«, sagte Lersek.

»Sie brauchen ein Wunder«, sagte Lobowsky, »sie müssen daran glauben, dann können sie auch daran glauben, dass ein Wunder geschieht und das Getto wieder abschafft.«

»Ich konnte nicht schlafen«, sagte Wanda, »ich bin so unruhig.«

»Schon gut«, sagte Lersek. »Wie geht es dir mit den Kindern?«

»Gut«, sagte Wanda, »sie hören mir gerne zu. Wir spielen den ganzen Tag. Sie vergessen, dass sie im Getto sind.«

»Das ist das Beste, was du erreichen kannst.«

»Sogar den Hunger vergessen sie«, sagte Wanda, »ist das nicht wunderbar?«

»Ist es arg mit dem Hunger?«

Wanda nickte. »Ich habe mit Lolek gesprochen. Wir sind jetzt öfters zusammen. Aber sie haben selber nichts. Man kommt nicht mehr hinaus.«

»Lolek ist schon in Ordnung. Und wenn er helfen kann, wird er euch helfen.«

»Sie sollten sich seinen Fuß ansehen«, sagte Wanda.

»Was ist mit dem Fuß?«

»Er hinkt. Aber er will es nicht zeigen.«

»Ich werde ihn mir morgen ansehen. Kommt ihr oft zusammen?«

»Manchmal.«

»Und wie geht es Michel?«

Sie lächelte. »Er wird richtig erwachsen«, sagte sie, »ich glaube, er fühlt sich wohl bei Lolek. Aber er ist noch so klein. Ich habe immer Angst um ihn. Und heute Nacht habe ich auch Angst gehabt. Deshalb bin ich hergekommen.«

»Eine Streife hätte dich erwischen können«, sagte Lersek. Er betrachtete den Boden und sah zwei winzige Spitzen, die vorsichtig aus dem Boden lugten.

»Es werden gute Bohnen werden«, sagte Wanda bestimmt, »gute, große Bohnen. Und niemand wird sie ausreißen.«

»Hoffentlich«, sagte Lersek.

Sie sah ihn fest an. »Sie werden sehen, wir kochen noch Suppe damit«, sagte sie.

Für Michel Bronsky verlief alles programmgemäß. Er kam zu dem bezeichneten Haus, er klopfte, und er erhielt von einem finster aussehenden Mann einen Sack mit Konserven. Sie redeten kaum. Lolek hatte schon vorher alles erledigt.

Der Sack mit den Konserven war schwer. Die Büchsen schlugen manchmal aneinander, obwohl der Sack gut ausgepolstert war. Dann gab es ein scharfes, schepperndes Geräusch, und Michel glaubte jedes Mal, das ganze Viertel müsse davon aufwachen.

Knapp vor der Mauer traf er die Streife. Er sah sie so spät, dass er nicht mehr ausweichen konnte. Es waren zwei Männer mit Gewehren, und sie kamen breitspurig auf ihn zu. Tapp, tapp, schlugen ihre Stiefel gegen das Pflaster. Ihm stockte der Atem. Er sah sich entsetzt um, aber die Straße war zu lang. Zurücklaufen war sinnlos, sie hätten ihn ohne Mühe niedergeschossen. Er wusste nicht, ob sie ihn schon gesehen hatten. Sie gingen langsam, wie Männer gehen, die wissen, dass ihnen ihr Opfer nicht entkommen kann.

Es gab kein Versteck, nur eine kurze Ecke in der Mauer, dort, wo zwei unregelmäßig gebaute Häuser zusammenstießen. Michel drückte sich hinein, aber er wusste, dass es kein gutes Versteck war. Der Sack lehnte schwer gegen seine Knie. Er fühlte, wie der Schweiß über seinen Körper rann. Er zitterte, fühlte seine Zunge riesengroß und trocken in seinem Mund.

Michel Bronsky begann lautlos zu beten. Er war ein kleiner Bursche, und wenn er früher zu Gott gebetet hatte, dann um einen Teddybären, um Schokolade, um den Sieg seiner Mannschaft. Und er hatte das Gebet schnell wieder vergessen.

Tapp, tapp, kamen die Soldaten näher. Tapp, tapp.

Lieber Gott, betete Michel Bronsky, lieber Gott, lieber Gott.

Tapp, tapp, schlugen die Stiefel aufs Pflaster.

Lieber Gott, betete Michel Bronsky, mach mich ganz klein, dass sie mich nicht sehen. Mach mich so klein wie eine Maus, dass ich mich verkriechen kann. Lieber Gott, mach, dass sie blind sind, sonst werden sie mich niederschießen oder mit ihren Stiefeln treten. Lieber Gott, es sind so schwere Stiefel, und ich habe Angst davor. Ich bin nicht mutig, lieber Gott, wie David oder Lolek, und ich fürchte mich vor diesen Stiefeln.

Tapp, tapp. Die Stiefel blieben vor ihm stehen. Er sah die Stiefel, und er sah die Uniform nur bis zum Gürtel. Er sah die Gewehrkolben dicht vor seinem Kopf, und er schloss die Augen und rührte sich nicht.

»Da ist er«, sagte der eine Soldat. Sie waren beide nicht mehr jung, und sie schienen nicht glücklich über diesen Krieg. Sie hatten beide Kinder zu Hause, die ihnen bei jedem Brief ein paar krakelige Zeilen hinzufügten.

»Komm einmal heraus«, sagte der andere, »los, komm schon.« Michel rührte sich nicht. Er spürte, wie sie ihn beim Arm packten, und er ließ seinen Sack nicht los.

»Mein Gott, das ist ja ein Kind«, sagte der erste, »was heißt Kind: ein halber Säugling.«

Sie hielten ihn gepackt, und beide waren sie verlegen.

»Wir müssten ihn mitnehmen oder weiß Gott was«, sagte der Ältere zornig.

»Wahrscheinlich Lebensmittel«, sagte der andere und stieß die Spitze seines Stiefels gegen den Sack. Es gab einen hellen Ton. »Konserven«, sagte er.

»Sieh dir das an«, sagte der Ältere, »nur Haut und Knochen. Und so etwas muss über die Mauer kriechen, und man schießt mit einem Maschinengewehr auf ihn. Ich stelle mir immer vor, das wäre mein Junge.«

»Das habe ich die ganze Zeit gedacht«, sagte der andere. »Wie heißt du?«, fragte er auf polnisch; die Worte kamen fremd aus seinem Mund. Michel antwortete nicht.

»Wie heißt du?«, fragte er geduldig. Michel sah ihn zum ersten Mal an, und seine Augen waren trüb vor Angst.

»Michel«, sagte er.

»Und wie alt bist du, Michel?«

»Sieben.«

Die Soldaten blickten zu Boden. Beide dachten sie an ihre Kinder und an zu Hause und an ihre eigene Kindheit.

»Wir werden dir nichts tun«, sagte einer langsam.

»Nicht mit dem Stiefel«, flüsterte Michel, »nur nicht mit dem Stiefel.«

»Was sagt er?«, fragte der andere.

»Er hat Angst, dass wir ihn mit den Stiefeln treten.« Er spuckte aus. »Schweinerei, dass Kinder Angst vor unseren Stiefeln haben müssen.«

Sie waren unruhig. Jeden Augenblick konnte irgendjemand die Straße herunterkommen.

»Was machen wir mit ihm?«, fragte der Jüngere.

»Ich würde ihn laufen lassen.«

Jetzt, da es ausgesprochen war, atmeten sie auf. Sie waren Soldaten, und sie hatten ihre Pflicht zu tun. Zu schießen, Häuser anzuzünden und Bomben zu werfen. Aber sie hatten nichts gegen Frauen und Kinder.

»Lauf«, sagte der Ältere.

Michel starrte ihn an.

»Weglaufen?«, fragte er verständnislos.

»Los, geh schon.«

»Aber Sie werden mir nachschießen«, sagte Michel, »nicht wahr, Sie schießen mir nach? Sie schießen mich in den Rücken, und dann bin ich tot, und Sie werden die Konserven essen.«

»Geh schon«, sagte der Soldat rau, »keiner wird dir nachschießen, verdammt noch mal.«

»Aber Sie sind doch Deutscher?«, fragte Michel.

»Geh«, sagte der Soldat, »aber schnell.«

Michel stürzte davon. Er schleifte den Sack hinter sich her. Er rannte mit eingezogenem Kopf, und die ganze Zeit über wartete er auf den Schuss, und die Konserven klapperten. Die letzten Meter vor der Ecke machte er einen riesigen Sprung vorwärts, er taumelte dabei, aber er war um die Ecke, und die Gewehre konnten ihn nicht mehr erreichen.

Die Soldaten starrten ihm mit zusammengepressten Lippen nach. Sie sagten nichts. Aber sie verstanden einander auch so, und sie verstanden, was dies für ein elender, lausiger, gemeiner Krieg war, in dem Kinder darauf warteten, dass die Deutschen sie hinterrücks niederschossen.

»Es ist Zeit«, sagte Lolek, »die Wachen sind weit genug. Es ist gleich zwei.«

David pirschte sich vorsichtig an die Mauer heran und warf das Seil hinüber. Er hörte es drüben aufklatschen. Gleich darauf flammte irgendwo ein Scheinwerfer auf.

»Da ist er«, sagte draußen jemand scharf. »Noch nicht schießen. Wartet, bis er oben ist.«

Das Seil bewegte sich, und der Scheinwerfer legte sich schneidend über die Gettomauer. David stieß Lolek so heftig nieder, dass dieser aufschrie. Sie gingen hinter einer Mauer in Deckung und sahen mit aufgerissenen Augen, wie ein schwarzes Bündel hochflog und mit leichtem Scheppern auf ihrer Seite landete, gleichzeitig tackte das Maschinengewehr los, und die Geschosse schlugen bösartig gegen das Blech der Konserven.

»Sie haben ihn«, sagte David tonlos, »das ist der Vierte. Wir werden es aufgeben müssen.«

Sie sahen Michel auf die Mauer kommen, und einen winzigen Augenblick stand er da, und dieser Augenblick schien Ewigkeiten zu dauern, und er blickte hinüber zu dem Scheinwerfer und zu dem tackenden Maschinengewehr, und er sah glücklich aus. Während sein Körper vorwärts fiel, dachte er die ganze Zeit: Lieber Gott, ich danke dir, und nur noch ein winziges Stückchen musst du mich beschützen, dann sollen sie schießen, so viel sie wollen, und sie werden mich nicht erwischen, die Deutschen. Aber es sind auch anständige darunter, die du vielleicht sogar in den Himmel nehmen könntest, weil sie mich nicht mit den Stiefeln getreten, mich nicht in den Rücken geschossen haben, und, lieber Gott, nicht einmal meine Konserven haben sie selber gefressen.

Der Körper Michel Bronskys schlug schwer auf dem Boden auf, aber Michel bewegte sich noch, und das Maschinengewehr tackte unentwegt weiter.

»Lolek«, schrie Michel, und seine Stimme war freudig, »Lolek, wo bist du, ich habe die Konserven gebracht, einen ganzen Sack voll Konserven!«

»Los«, sagte David, »wir holen ihn.« Er stürzte vorwärts, und Lolek versuchte, ihm zu folgen, aber sein Bein gab nach, und er kam nicht von der Stelle, und ein glühendes Messer begann in ihm zu arbeiten. Er sah David, wie er Michel an den Beinen packte und den Sack mit den Zähnen festhielt, und links und rechts neben ihm spritzte die Erde unter den Einschüssen hoch. Dann verschwanden die beiden in der Dunkelheit, und Lolek konnte sie hören und kroch zu ihnen hinüber.

Der Scheinwerfer schwenkte noch ein paar Mal über das Gelände, dann wurde er abgeschaltet.

»Michel«, sagte Lolek, »Michel.«

Michel lächelte ihn an.

»Alles in Ordnung«, sagte er.

»Er ist ganz blutig«, sagte David.

»Das ist vom Stacheldraht«, sagte Michel, »nur ein paar Schnitte. Aber es sind prima Konserven. Ein ganzer Sack voll.«

»Fabelhaft«, sagte Lolek.

»Das ist das Tollste, was ich je gesehen habe«, sagte David, »kommt der kleine Kerl bei Scheinwerferbeleuchtung über die Mauer.«

»Und einer Militärstreife bin ich auch begegnet«, sagte Michel.

»Nicht möglich«, sagte David bewundernd.

Michel humpelte ein wenig, aber er konnte selbst gehen. Sie kamen ohne Zwischenfall zu Loleks Hof. Im Keller schraken die Kinder hoch.

»Was sagt ihr«, sagte Lolek stolz, »das ist meine neueste Entdeckung. Michel Bronsky war drüben.«

Sie kamen von allen Seiten, sie öffneten den Sack. Ein paar Konserven waren ausgelaufen. Die Maschinengewehreinschüsse hatten zackige Löcher hinterlassen. Sie lachten, als sie die Löcher sahen, und sie ärgerten Michel Bronsky mit dem Hinweis, der Unterschied zwischen ihm und einem Konservensack dürfte für Deutsche nicht mehr sichtbar gewesen sein.

Michel Bronsky war glücklich. Ein paar Mal versuchte er, von der verfallenen Kirche zu erzählen und von den freundlichen Heiligen, aber dann beschloss er, es für sich zu behalten.

Vielleicht würde er es Patye, dem Frosch, erzählen.

KAPITEL 9

9 Man spürte den Herbst. Die Tage wurden kälter, und am Morgen lag Nebel über der Stadt. Die Menschen krochen in den Häusern zusammen. Sie hatten Angst vor dem Nebel und Angst vor der Kälte, als spürten sie, dass es bald das letzte Mal sein würde, dass die Sonne schien. Es gab nur noch wenige, die auf den Straßen schliefen. Die Deutschen hatten so viele Häuser geräumt, dass Platz geworden war.

An diesem Morgen kam die Sonne früh durch, und sie wärmte die Straße ein wenig auf. In der Nacht war nicht nur bei der Gettomauer geschossen worden. Eine Gasse in der Nähe der Lesznostraße war geräumt worden. Die Soldaten hatten sie so dicht umstellt, dass niemand entkommen war. Ein paar alte Frauen hatten sich im Keller versteckt gehalten, aber die Soldaten hatten ihr Versteck ohne Schwierigkeiten gefunden. Im Morgengrauen kamen ein paar der Bewohner zurück. Es waren Arbeiter der Schuhfabrik. Ihre Arbeitskarte hatte sie gerettet, aber es waren auch Männer mit Arbeitskarten zurückbehalten worden. Die Gesichter der Heimkehrer waren grau vor Schmerz.

Sie zogen sich in ihre leeren Wohnungen zurück wie angeschossene Tiere. Sie sprachen nicht, und sie weinten nicht. Sie hatten ihre Frauen und Kinder verloren, und sie gingen in ihren Wohnungen umher und starrten auf schlechte Fotografien, und sie waren allein mit ihrem Schmerz und konnten es noch nicht begreifen, dass alles aus sein sollte.

Am Morgen marschierten sie zur Arbeit, und sie waren fast froh darüber, aus den toten Wohnungen fortzukommen.

Lolek und Wanda saßen im Hof.

Lolek zeichnete mit einem Stück Blech Figuren in den Sand. Bäume, Häuser, Flüsse.

»Du musst dich untersuchen lassen«, sagte Wanda. Er schüttelte den Kopf.

»Ach was«, sagte er. »Glaubst du, ich lege mich ins Spital und lasse die anderen im Stich? Bloß wegen des lächerlichen Fußes?«

»Du hast doch Schmerzen«, sagte sie, »und Dr. Lersek kann dir bestimmt helfen. Er ist ein guter Arzt.«

»Wenn schon«, sagte er. »Hast du schon mit Michel gesprochen?«

»Er schläft.«

»Er war in der Nacht drüben. Er ist ein tapferer Bursche.«

Sie sah die Figuren im Sand an. »Ich habe es gewusst«, sagte sie, »ich weiß nicht, woher, aber ich habe so eine Ahnung gehabt. Ist ihm etwas passiert?«

»Nichts. Die Deutschen haben ihn aufgehalten und wieder laufen lassen. Er hat unwahrscheinliches Glück gehabt.«

»Muss er wieder hinüber?«

»Ich weiß nicht«, sagte er, »ein paar Tage haben wir wieder Ruhe. Wer weiß, was bis dahin alles geschieht.«

Er zeichnete ein Pferd und eine Kuh und ein Haus, mit der Sonne darüber.

»Glaubst du, dass einmal wieder Friede wird?«

»Kann sein.«

»Und was wird dann mit uns?«

»Ich weiß nicht«, sagte er. Er lachte: »Es wird uns schwer fallen, nichts mehr zu stehlen und wieder in die Schule zu gehen und womöglich einen Vormund zu haben.«

»Ich wüsste nicht einmal, wo ich leben sollte«, sagte Wanda. »Natürlich haben wir Freunde, Dr. Lersek und Pavel Kaufmann und Rebekka, aber im Frieden wäre ja alles ganz anders, und sie könnten uns nicht mehr brauchen.«

Lolek wischte seine Zeichnungen fort und begann hastig neue. »Vielleicht gibt es auch niemals Frieden«, sagte er. »Oder wir erleben ihn nicht. Das Getto wird geräumt.«

»Ich mag dich gern, Lolek«, sagte Wanda und ließ die Zeichnungen nicht aus den Augen. Lolek schluckte.

»Vielleicht könnten wir nach dem Krieg auch zusammenbleiben«, sagte er verlegen. »Wenn du willst«, setzte er hastig hinzu. Sie nickte. Das Stück Blech fiel ihm aus der Hand, sie griffen gleichzeitig danach, sie lachten verlegen, als sich ihre Finger berührten.

»Aber du musst dich von Dr. Lersek untersuchen lassen«, sagte Wanda bestimmt. »Versprichst du es?«

»Ich weiß nicht.«

»Mir zuliebe?«

»Na schön«, sagte er, »wenn es sein muss, und wenn dir so viel daran liegt.«

»Du sollst Michel auch nicht mehr hinüberlassen.«

Er sah sie verwundert an. »Jeder kommt einmal dran«, sagte er, »sonst wären wir längst verhungert.«

»Aber nicht Michel«, bat sie, »er ist noch so klein. Er versteht gar nicht, was er tut.«

»Das ist ganz gut so«, sagte er.

»Später einmal möchte ich ein Haus«, sagte Wanda, »mit vielen Zimmern. Und Michel müsste auch dort wohnen. Und du auch.«

»Wir könnten die ganze Bande unterbringen«, sagte Lolek, »die wissen sowieso nicht, wohin sie sollen. Und sie wollen nicht zu irgendwelchen Tanten. Sie bleiben lieber beisammen.«

»Sie sind so tapfer«, sagte Wanda. »Ich, ich habe oft Angst.«

Lolek beugte sich ein wenig vor. »Sie sind gar nicht so tapfer«, flüsterte er, »aber das ist ein Geheimnis, und du darfst nicht darüber lachen. Wirst du lachen?«

»Nein, bestimmt nicht.«

»In der Nacht weinen sie oft«, flüsterte er, »sie weinen nach ihrer Mutter. Manchmal schluchzen sie im Schlaf so laut, dass ich sie aufwecken muss. Und sie schreien auch vor Angst.«

Sie schwiegen. Die Sonne war wieder von Wolken bedeckt. Es wurde kälter. »Hast du nie Angst?«, fragte Wanda.

»Nie.«

»Wenn du jemanden gern hättest, hättest du Angst um ihn?«

Er lachte ein hässliches Lachen. »Es hätte keinen Sinn, jemanden gern zu haben«, sagte er, »wenn sie sowieso alle sterben. Warum soll ich den Frosch gern haben? Eines Tages werden die Deutschen kommen und den Frosch erschießen, und ich würde weinen. Dann lieber nicht. Und wenn ich Michel nicht gern habe, dann ist es leichter, wenn er einmal nicht wiederkommt.«

»Vielleicht könnten sie wirklich alle einmal bei uns wohnen. In einem großen, gelben Haus mit einem Park. Hast du so etwas schon gesehen?«

»Nein.«

»Ich habe Bilder gesehen. Es gibt wunderschöne Häuser und wunderschöne Parks.«

Sie schwiegen wieder. Und Lolek zeichnete ein Haus für Wanda. Ein großes Haus und Bäume, die aussahen, als wüchsen sie aus allen Fenstern. Sie schraken auf, als sie die Schüsse hörten. Die Kinder im Keller arbeiteten lautlos. Ihre Gesichter blieben gleichgültig, sie wussten jeden Handgriff, den sie zu tun hatten. Sie zogen sich wie Maulwürfe in die Dunkelheit zurück, bereit, bei der geringsten Gefahr in dem Netz von Röhren und Gängen, das sie sich gegraben hatten, unterzutauchen.

Bald darauf kamen Soldaten. In ihrer Mitte führten sie Viktor Stein mit blutigem Gesicht. Einige seiner Kameraden waren so zusammengeschlagen, dass man sie auf den Lastwagen geworfen hatte. Viktor Stein blickte kein einziges Mal auf. Jahrelang hatte er in seiner Gewerkschaft für andere gekämpft. Und hatte noch im Getto gekämpft. Nun hatte seine Stunde geschlagen.

Lolek und Wanda standen hinter einem Fenster im letzten Stock des Hauses. Die Wohnung war leer. Zeitungen und schmutzige Wäschestücke lagen über den Boden verstreut.

Sie sahen Viktor Stein und seine Leute. Und sie sahen die harten Gesichter der Soldaten.

»Sie werden erschossen«, sagte Lolek langsam, »genauso war es, als meine Eltern erschossen wurden. Genauso. Genauso.« Wanda legte ihre Hand auf seine Schulter. Sie blickte ihn nicht an. Aber sie spürte, wie das Weinen seinen Körper schüttelte.

10 »Halt den Mund, Dov«, brüllte Pavel Kaufmann, »halt den Mund, oder ich werfe dich zum Fenster hinaus!«

Dov duckte sich und sah Hilfe suchend auf Dr. Lersek.

»Sie brüllen doch nur, weil Sie wissen, dass ich Recht habe.«

Als Dov gehört hatte, dass man Viktor Stein geholt hatte, war eine seltsame Wandlung mit ihm vorgegangen. Der Gehilfe des Friedhofsbeamten war ein stiller Bursche gewesen, der Gedichte schrieb und trotz seiner fünfundzwanzig Jahre wie ein Schüler wirkte. Aber er war mit den Nerven fertig. Er konnte nicht mehr. Er konnte das Buch Leon Mendelsohns nicht mehr sehen, das Buch mit dem grünen Deckel, in das man früher die Toten geschrieben hatte.

»Wir müssen doch irgendetwas tun«, sagte Dov, »wir können uns doch nicht abschlachten lassen, einer nach dem anderen.«

»Halt den Mund«, sagte Pavel, »sei ruhig, sonst geschieht was. Wir haben Viktor besser gekannt als du.«

»Ja«, sagte Lersek langsam, »ich habe es selber erst von Lolek erfahren. Irgendjemand muss ihn verraten haben. Sie haben nicht lange gesucht.«

»Er hatte doch seine Leute«, sagte Dov. Pavel machte eine wegwerfende Bewegung.

»Eigentlich sollte ich mit dir gar nicht darüber reden«, sagte er, »aber du verdummst ja hier langsam, also sollst du es wissen. Viktor Stein war einer der Leute, die der Meinung waren, wir müssten uns mit Gewalt gegen die Transporte wehren.«

»Da haben Sie es«, sagte Dov, »na und?«

»Sie haben einen Plan gehabt. Sie werden losschlagen, wann es der Plan vorsieht. Sie werden sich nicht wegen eines Einzelnen wehren, auch wenn es Viktor ist. Sie werden nicht ihren ganzen Plan gefährden.«

»Sie werden sich niemals wehren«, sagte Dov. »Sie sind zu feig dazu.«

Lersek sah ihn müde an. »Wahrscheinlich hat es auch gar keinen Sinn. Wir können uns nicht mit Steinen und Schaufeln gegen Panzer wehren. Unsere einzige Chance ist, so lange zu leben, bis alles vorbei ist.«

Sie brachen das Gespräch ab, als Leon Mendelsohn hereinkam.

»Ich höre, es ist etwas Schreckliches geschehen«, sagte Mendelsohn teilnahmsvoll.

»Unsinn«, sagte Pavel, »sie haben ein paar Freunde von uns geholt, das ist alles. Halten Sie bloß nicht eine Ihrer üblichen Leichenreden. Er ist noch nicht tot, und seine Freunde sind noch nicht tot. Vielleicht können sie sich durchschlagen.«

»Es ist eine schreckliche Zeit«, sagte Mendelsohn, »und ich verstehe gar nicht, wie es hat so weit kommen können. Ich habe nie jemandem etwas getan, ich habe sogar höchst selten Streit gehabt, und am liebsten war ich zu Hause bei meiner Frau.«

»Schon gut«, sagte Pavel, »Sie hätten Pfarrer werden sollen.«

»Ihr mit eurer elenden Friedfertigkeit«, schrie Dov, »Feiglinge seid ihr, jawohl, Feiglinge!«

»Abwarten, Söhnchen«, sagte Pavel, »vielleicht denkst du noch einmal an den alten Pavel Kaufmann, der den ganzen Tag über aus der Flasche trank und Schandreden hielt. Es ist immer leicht, andere Feiglinge zu nennen.«

Sie hörten den Wagen von Hauptmann Klein. Er war in letzter Zeit oft hier gewesen und hatte ihnen die Hölle heiß gemacht.

»Jetzt können Sie gleich Ihren Mut beweisen, Dov«, sagte Pavel. »Ich für meinen Teil ziehe es vor, möglichst unauffällig zu verschwinden.«

»Ist der Friedhofsmajor nicht mehr da?«, fragte Lersek.

»Keine Spur«, sagte Leon Mendelsohn unglücklich, »der Major hatte wenigstens Interesse an Blumen, aber dieser Klein macht nur Wirbel und führt lange Reden.«

»Ein Idiot«, sagte Pavel, »aber von der Sorte der gefährlichen Idioten.«

Lersek und Pavel versuchten, unbemerkt aus dem Haus zu kommen. Doch Klein war schneller als sie.

»Ach«, sagte er scharf, »Sie empfangen sogar Besuch?«

»Das ist der Arzt«, sagte Pavel, »Dr. Lersek.«

»Arzt? Wo haben Sie studiert?«

»Vier Semester in Berlin, den Rest in Warschau.«

»So, so. War die Zeit, wo wir die jüdischen Schmarotzer noch auf den Universitäten gehabt haben. Haben aber nur Lärm geschlagen, bis wir sie hinausgeprügelt haben.«

Er lachte und wartete, dass die anderen mitlachen würden. Dov versuchte ein Lächeln, aber er fing den Blick Pavels auf, und es gefror.

»Na ja«, sagte Hauptmann Klein scharf, »wir werden euch ja alle noch begraben, nicht wahr, Mendelsohn?«

»Ja«, sagte Mendelsohn gehorsam.

»Alle diese Leutchen da werden wir noch begraben, was, Mendelsohn?«

Mendelsohn schluckte. »Ja«, sagte er leise.

»Na«, sagte Klein, »und dann Sie auch noch dazu, Mendelsohn. Aber zuerst Ihre Frau.«

Mendelsohn war bleich geworden. Seine Lippen zitterten.

»Was haben Sie denn, Mendelsohn?«, fragte Klein freundlich. »Soll ich nicht von Ihrer Frau sprechen? Ist Ihnen das unangenehm, was?«

»Nein«, sagte Mendelsohn mühsam. Er zitterte am ganzen Körper.

»Haben Sie ein Bild von Ihrer Frau?«

»Nein«, sagte Mendelsohn mühsam.

»Natürlich haben Sie eines. Geben Sie es schon her.« Mendelsohn griff zitternd in die Tasche. Lersek sah, dass er einem Zusammenbruch nahe war. Das Bild entglitt ihm, als er es Klein entgegenhielt. Langsam flatterte es zu Boden. Mendelsohn bückte sich, aber im selben Augenblick setzte Klein seinen Stiefel auf das Bild.

»Sie werden doch nicht das Bild einer lausigen Jüdin aufheben?«, sagte Klein. »Was, Mendelsohn?« Er drehte den Stiefel seitwärts und zermalmte das Bild. Nur noch eine schmutzige Ecke blieb übrig.

»Sie haben doch nichts dagegen, dass ich auf Ihrer Frau ein wenig herumtrample?«, fragte Klein. Mendelsohn antwortete nicht. Klein spuckte aus, und der Speichel fiel auf den Rest des Bildes.

»Na, Mendelsohn?«, fragte er.

Mendelsohn rührte sich nicht. Sein Gesicht war eingefallen, und sein kahler Schädel mit der schäbigen Brille sah aus wie der Schädel eines Toten. Er stand so, bis der Hauptmann wieder abgefahren war. Dann ging er in die Totenkammer und schloss sich dort ein. Am Abend war er betrunken, so sehr, dass Pavel Kaufmann eine Stunde lang darüber lachte.

Pavel hielt Dov erst am Abend an. »Na?«, sagte er. »Wie ist das mit dem Mut? Warum haben Sie ihm nicht eine über den Kopf gegeben?«

Dov schwieg.

»Ich weiß, warum«, sagte Pavel, »weil keiner von uns sterben will. Darum steckt er alles ein. Und wenn er es nicht mehr verträgt, betrinkt er sich mit Kartoffelschnaps.« Pavel sah Dov grübelnd an. »Los, Dov«, sagte er, »mach Gedichte. Betrink dich oder mach Gedichte. Aber gute.«

Er lachte den ganzen Weg zum Krankenhaus.

KAPITEL 11

11 »Sie wartet draußen«, sagte Dr. Lersek. »Wenn du dich nicht untersuchen lässt, wird sie dich für einen Feigling halten.«

Lolek lächelte gequält. »Ist mir egal«, sagte er. »Wanda soll denken, was sie will. Sie geht mich nichts an.«

Lersek war nervös. Er spürte, dass etwas in der Luft lag, aber er hätte nicht sagen können, was es war. Vielleicht war das Getto heute stiller als sonst. Man hatte die Straßenbahnen umgeleitet, sodass sie nicht mehr durch das Gettogebiet kamen. Von draußen kamen Gerüchte, die Deutschen könnten diesen Krieg nicht mehr lange aushalten und die Amerikaner würden dem Spuk ein Ende machen.

»Das ist mein Spital«, sagte Lersek hart, »zumindest bin ich hier der Arzt. Solange du hier bist, hast du zu tun, was ich dir sage. Bei deinen Kindern kannst du tun, was dir passt.«

Lolek schaute ihn prüfend an. »Das ist etwas anderes, Doktor. Wenn Sie mich zwingen, kann ich nichts dagegen tun.«

»Zieh die Hose aus.«

Er sah die dünnen, blassen Beine Loleks, der die Hose mit hastigen Bewegungen hinunterschob und es vermied, Lersek ins Gesicht zu sehen.

»Wo tut es weh?«

»Nirgends. Ist alles nur Einbildung.«

Lersek tastete das Bein ab. Mit einer plötzlichen Bewegung drückte er den Daumen nieder, dass Lolek aufschrie.

»Na also«, sagte Lersek.

Lolek war blass geworden. Das Blut war aus seinen Lippen gewichen. »Was ist es, Doktor?«, fragte er schnell. Lersek zuckte die Schultern und ging zur Tür. Wanda sah ihm ängstlich entgegen.

»Ist es schlimm?«, fragte sie. Lersek hörte Lolek hinter die Tür zurückweichen.

»Irena soll Dr. Henryk holen. Er wird auf dem Dach sein. Ich brauche ihn dringend.«

Sie rannte los und lächelte ihm dabei tapfer zu.

»Na also«, sagte Lersek.

»Was also?«

»Es ist das Gelenk«, sagte Lersek, »der Knochen sitzt nicht richtig in der Pfanne. Wir werden operieren müssen. Und dann gibt es einen hübschen Gipsverband.«

Lolek schrak hoch. Mit einer ungeschickten Geste zog er die Hose an sich. »Das können Sie nicht machen, Doktor«, sagte er bittend, »Sie wissen, was das bedeutet.«

»Ich werde operieren«, sagte Lersek, »und zwar gleich.«

Lolek begann zu schreien. Die Angst saß tief in ihm, und sie flackerte in seinen Augen und ließ die Hände auf und ab hüpfen.

»Das können Sie nicht tun«, schrie Lolek, »Sie bringen mich um dabei!«

Lersek antwortete nicht. Unten sah er Borkenbach fortgehen. »Sie wissen genau, was das bedeutet«, sagte Lolek mühsam. »Sie bringen mich um. Sie können mich nicht in Gips legen, wenn das Getto voll von deutschen Soldaten ist, die nach Leuten für die Transporte jagen. Mit dem Gips bin ich hilflos. Beim ersten Überfall werden sie mich haben. Da ist es besser, Sie bringen mich gleich um.«

»Wenn ich nicht operiere, wirst du nie wieder richtig gehen können. Dr. Henryk wird dir das bestätigen.«

»Lassen Sie mich hinaus«, sagte Lolek. »Warum wollen Sie, dass ich die paar Monate, die wir noch durchhalten können, in Gips liege? Eines Tages bekommen sie uns alle. Das wissen Sie genauso wie ich.«

Lersek wusch seine Hände in einem Kübel und trocknete sie behutsam ab. »Ich bin Arzt, Lolek«, sagte er, »und kein Prophet. Solange noch eine Aussicht besteht, dass jemand am Leben bleiben kann, muss ich meine Pflicht tun.«

»Ach was, Pflicht. Ein gerissener Hund sind Sie, und Wanda hat Sie dazu überredet. Sie beide sind ganz gleich. Wanda redet auch immer von einem Haus und von Frieden und weiß Gott was noch. Aber ich sage Ihnen: Wir sterben hier. Das Getto ist unser Friedhof.«

»Du redest zu viel«, sagte Lersek.

Als sich die Tür öffnete, sahen sie das starre Gesicht Wandas.

Henryk war sehr ruhig geworden in diesen Tagen. »Sie haben mich bei einer interessanten Schachpartie gestört, Doktor«, sagte er freundlich.

»Ich brauche Sie«, sagte Lersek grob, »und Sie auch, Irena. Ich muss operieren.«

»Hier?«

Lersek nickte. »Sehen Sie sich sein Bein an, Dr. Henryk.«

Lolek wich zurück. »Nein«, sagte er, »nein.«

Unter den Händen Dr. Henryks wurde er ganz klein. Alles Erwachsene fiel mit einem Schlag von ihm ab.

»Ah«, sagte Henryk, »tatsächlich.«

Er gab seine Befehle knapp. Sie legten Lolek auf das Bett und streckten sein Bein. Wanda konnte sie von draußen hören: Ruhige, knappe Worte und dazwischen manchmal ein paar Schritte.

Wanda versuchte zu beten, aber ihre Gedanken schwirrten wie unruhige Vögel davon. Sie war in einem Zustand, der zwischen Wachen und Träumen hin- und herschwankte, und sie wagte nicht, sich zu rühren und lauschte nur auf diese Geräusche und versuchte herauszubekommen, wo sie ähnliche Geräusche schon gehört hatte.

Und dann wusste sie es: Es war zu Hause gewesen, früh am Morgen, wenn die Nebel noch vor den Fenstern lagen. Mutter machte im Nebenzimmer Feuer, man hörte das Rumpeln von Holz und das Aufflammen eines Zündholzes. Das Holz knackte, und das Papier knisterte ganz leise, wenn es sich unter den Flammen zusammenrollte.

In der Küche war das Plätschern von Wasser, und Mutter setzte ein Gefäß auf den Herd, das alles hörte man halb im Schlafen, und man wusste, das war gut so.

Wanda atmete ruhig. Sie bewegte sich nicht, als sie Schüsse hörte und das Dröhnen von Lastwagen und das Aufschreien von

Menschen. Drinnen gingen die leisen Geräusche weiter, als gäbe es nichts anderes.

Einmal kam Irena heraus. Sie sah blass aus und nickte Wanda mit einem winzigen Lächeln zu.

»Was war das draußen?«, fragte Irena.

»Ich weiß nicht. Das geht schon seit einer halben Stunde so.«

»Ich glaube, du kannst jetzt hineinkommen«, sagte Irena.

Lolek lag ruhig da. Lersek und Henryk standen ein wenig verloren, als wüssten sie nicht, was sie jetzt anfangen sollten.

»Was ist?«, fragte Wanda.

»Alles in Ordnung«, sagte Lersek, »er wird einen Gipsverband bekommen, und in sechs Wochen werden wir weitersehen.«

Lolek hatte das Gesicht zur Wand gedreht. Er schlief.

»Es war eine gute Operation«, sagte Henryk, »es ist lange her, dass ich so etwas gemacht habe. Ob Sie es glauben oder nicht, Doktor, ich habe daran gezweifelt, ob ich meine Hände noch in der Gewalt habe. Als Irena hinaufkam, habe ich gewusst, was kommt. Die ganze Zeit über habe ich mich davor gefürchtet. Aber als ich gehört habe, dass es soweit ist, war die Furcht wie weggeblasen.«

»Dann ist es ja gut«, sagte Lersek. »Ich möchte nur wissen, was da draußen los war.«

»Ich höre es nicht mehr«, sagte Henryk, »von oben sieht alles unwichtig aus. Ganz klein. Ganz unbedeutend. Man kommt sich vor wie Gott selber, der seinen Geschöpfen ein wenig auf die Finger sieht.«

»Aber wir sind hier unten«, sagte Lersek grob, »und für uns ist es arg genug. Jedes Mal, wenn es losgeht, sind ein paar von unseren Freunden darunter. Jedes Mal, wenn wir uns verabschieden, denken wir daran, dass es vielleicht das letzte Mal ist.«

»Ach so«, sagte Henryk. Sein Gesicht war grau. »Ich bin Gott vielleicht schon zu nahe.«

»Das ist schon möglich«, sagte Lersek. Sie schwiegen und warteten. Sie wussten, dass sie es bald erfahren würden, aber sie hatten keine Lust, der Unglücksbotschaft entgegenzugehen.

»Doktor?«, fragte Henryk still.

»Ja?«

»Würde es Ihnen, hm, etwas ausmachen, wenn ich mich in Zukunft im Hause wieder etwas nützlich machte? Immerhin habe ich ja noch nicht alles vergessen.«

Lersek nickte ihm zu. »Entschuldigen Sie, dass ich vorhin etwas grob war«, sagte er.

»Schon gut«, sagte Henryk.

»Auf dem Dach können Sie mir nichts nützen. Aber hier herunten.«

»Gut«, sagte Henryk. Sein Rücken straffte sich. »Abrasha Blau wird eben untertags ohne mich auskommen müssen.«

Und dann sahen sie Rebekka.

Sie sahen sie durch das Fenster, wie sie näher kam, und wie sich ihr Brustkorb beim Laufen hob und senkte. Sie war so atemlos, dass sie nur mühsam sprechen konnte und dabei die Hände gegen das Herz presste. »Sie sind fort«, keuchte sie. Die anderen sahen sie verständnislos an.

»Ihr wisst noch nichts?«, fragte sie entsetzt.

»Wir haben operiert«, sagte Henryk.

Sie schlug die Blicke zu Boden. »Ihr habt operiert«, sagte sie leise. Sie versuchte zu lächeln, während ihr die Tränen über die

Wangen liefen. »Es ist auch zu komisch«, sagte sie, »da sind die einen dabei, ein Leben zu retten, während die anderen ...« Sie hatte sich schon wieder in der Gewalt. Sie sieht hübsch aus, dachte Wanda.

»Sie haben die Schule umstellt«, sagte Rebekka leise, »es ist alles ganz schnell gegangen. Sie haben fünfzehn Minuten Zeit gelassen, um die Schule zu räumen. Alles sofort auf Lastwagen; dann haben sie geschossen. Es hat eine Menge Tote gegeben.« Sie schluckte. »Es ist niemand übrig geblieben«, sagte sie fassungslos, »die ganze Schule.«

Sie hörte Wanda hinter sich weinen. Henryk blickte starr zu Boden.

»Und wo warst du?«, fragte Lersek.

»Ein paar Häuser weiter. Aber das ist noch nicht alles. Wisst ihr, wer dabei ist?«

Das waren jene Sekunden, die sie alle hassten. Das Warten auf einen Namen und das Würgen im Hals, bis der Name fiel, während jeder an den Menschen dachte, den er am meisten liebte.

»Borkenbach«, sagte Rebekka.

Lersek biss die Zähne zusammen. Einen Augenblick lang spürte er den Hass so heftig, dass er Lust hatte, aufzubrüllen und irgendetwas entzweizuschlagen.

»Benek«, sagte er, »Benek Borkenbach. Bist du ganz sicher?« Sie nickte. »Er war nicht in der Schule«, sagte sie, »niemand hätte ihm etwas getan. Aber er stürzte auf die Soldaten los, und er packte einen von den polnischen Polizisten, schüttelte ihn hin und her und schrie, das könnten sie nicht tun.«

»Aber sie haben es getan«, sagte Wanda, »was sonst?«

»Ja«, flüsterte Rebekka, »sie haben ihn auch gleich auf der Straße erschossen.«

Es war sehr still. Der kleine Platz vor dem Haus lag ausgestorben in der matten Sonne.

»In der Hölle wird man sie in tausend Stücke reißen und jedes einzeln braten«, sagte Wanda. Ihre Augen glänzten vor Hass.

»Ich werde Pavel verständigen«, sagte Lersek, »er soll Borkenbach abholen.«

Als Pavel kam, rann der Regen in Strömen vom Himmel. Es goss so heftig, dass sich auf der Straße kleine Bäche bildeten. Sie führten seltsame Gegenstände mit sich, Dinge, die von Flüchtenden oder Gefangenen verloren worden waren: Kämme, Taschentücher, Papierfetzen, den Arm einer Stoffpuppe.

»Na«, sagte Pavel, »du brauchst nichts zu sagen. Ich weiß es schon und habe schon alles veranlasst. War Dov da?«

»Wer ist Dov?«

»Der Junge, der im Friedhof arbeitet. Er ist seit ein paar Stunden fort. Und was zum Lachen ist: Er hat meine Schnapsflasche mitgenommen. Die mit dem Kartoffelschnaps.« Er lachte nicht. Sein Gesicht war nachdenklich.

»Ist Irena da?«

»Sie ist irgendwo draußen.«

»Ich möchte mit ihr reden.«

»So?«

»Ja. Hast du etwas dagegen?«

»Nein.«

»War es schlimm mit Borkenbach?«

»Ich war nicht dabei.«

»Schade um unsere Wette. Er war ein guter alter Bursche.«

»Welche Wette?«

»Ich habe mit ihm gewettet, ich bringe eine lebendige Kuh ins Getto, und du wirst sehen, ich mache es auch.«

»Du bist verrückt, Pavel«, sagte Lersek, »die Wachen sind so scharf, dass nur noch Kinder durchkommen. Sie sind wie die Katzen, die Kleinen. Wandas Bruder ist ein richtiger Spezialist für solche Dinge.«

»Michel«, sagte Pavel, »tatsächlich?«

»Er geht fast jeden Tag. Aber er kommt durch. Er muss einen Schutzengel haben.«

»Schutzengel«, sagte Pavel, »ich halte mich lieber an Gewehre und Handgranaten. Ich sage dir, es kommt der Tag, da werden wir sie blutig empfangen. Und wenn das Getto in die Luft geht, aber sie bekommen uns nicht lebend.« Er nickte Irena zu, die die Blicke sofort zu Boden schlug. »Bist du nachher noch da?«

Sie nickte.

»Ich komme noch vorbei. Ich muss Dov suchen. Der Kerl ist mit meiner Schnapsflasche durchgegangen.«

»Und du suchst natürlich nicht ihn, sondern nur die Flasche«, sagte Lersek trocken. »Und du meinst, dass wir das glauben?«

»Natürlich«, sagte Pavel.

Lersek lachte. »Na schön«, sagte er, »aber ich wette, dass dir die Flasche in Wirklichkeit ganz egal ist.«

»Er ist ein netter Junge, Dov«, sagte Pavel, »er schreibt sogar Gedichte. Verrückt, was?« Er zog den Mantelkragen hoch und grinste.

»Auf zum Bad«, sagte er.

Dov rannte durch den Regen, aber er spürte ihn nicht. Er wusste nicht, wie lange er schon gelaufen war, und er hoffte die ganze Zeit, einer Streife zu begegnen und ihr alles ins Gesicht schreien zu können, was er dachte, aber die Streife verzichtete an diesem Tag auf ihren Rundgang und verkroch sich im Trockenen.

Als er wieder einmal bei der Schule vorbeikam, blieb er stehen. Das Haus lag dunkel, die Tür war halb angelehnt. Ohne zu denken, ging er hinein, und er spürte den Geruch von Menschen, als seien sie noch hier. Er tastete sich vorwärts, und ein paar Mal stieß sein Fuß gegen eines der hastig geschnürten Bündel, die dann unter den Hieben der Soldaten liegen geblieben waren. Die letzten Habseligkeiten, die letzten Erinnerungen an ein anderes Leben: ein paar Bilder, alte Briefe, Fotografien.

Hier irgendwo hatte Elsa gewohnt. Sie war kein hübsches Mädchen. Aber sie hatte große Augen, und wenn sie lachte, klang es wie ganz feines Glockengeläute über dem Eingang eines Spielzeugladens.

Er versuchte, sich vorzustellen, wo sie jetzt war. Vielleicht in einem voll gestopften Eisenbahnwaggon. Oder tot.

Sein Kopf war schwer. Er nahm einen Schluck aus der Flasche, aber es wurde ihm nicht besser davon. Er wollte sich Elsas Gesicht vorstellen, aber es gelang ihm nicht. Draußen plätscherte gleichförmig der Regen.

Pavel Kaufmann fiel ihm ein und die ganze feige Bande, die nicht den Mut hatte, etwas zu tun, und unwillkürlich wandte er sich dem Weg zur Mauer zu. Er sah das Tor und das Licht dahinter. Deutsche Soldaten saßen dort mit geladenen Gewehren.

Dov hielt nicht an. Jemand rief aus der Dunkelheit mit einer hellen, scharfen Stimme. Dov konnte ihn nicht sehen, aber er hasste diese Stimme, und er hasste das Licht der Deutschen, und er hasste die Feiglinge und den Regen und das flaue Gefühl in seinem Magen und die wirren Gedanken, die durch seinen Kopf liefen.

»Ihr«, schrie er, »ihr verdammten Deutschen, ihr verdammten! Umgebracht habt ihr sie, jawohl, umgebracht. Sie hat euch nichts getan. Elsa hieß sie, und sie war erst achtzehn, und ihr habt sie umgebracht.«

Er hörte das Klicken eines Gewehres und eine laute Stimme.

»So schießt doch«, schrie er, »los, schießt doch! Ich habe keine Angst vor euch.«

Er stand und wartete auf das Aufflammen des Schusses.

Die Stimme sagte etwas, was laut durch die Nacht klang. Ein paar Soldaten lachten schallend. Dann war es wieder still. Nichts mehr geschah.

Dov spürte erst jetzt, wie schlecht ihm war, und es würgte ihn, und er fühlte, dass er weinen musste, und er ließ den Kopf hängen und ging zurück, und das Wasser schlug ihm ins Gesicht. Er kam sich elend vor und bewunderte Männer wie Pavel Kaufmann, die so ruhig waren und sicher.

»Hallo«, sagte jemand, »kommen Sie ruhig herein.«

Er sah ein Mädchen unter den Resten eines Daches kauern. Ein Kind, das ihn aufmerksam beobachtete. »Einen ganz schönen Krach haben Sie gemacht«, sagte das Mädchen, »übrigens, ich bin Patye.«

Er kroch zu ihr, und er spürte ihren warmen Atem.

»Was tust du denn hier?«, fragte er.

»Ich warte«, sagte sie, »auf Michel. Er ist drüben. Er muss bald zurückkommen. Vielleicht in einer Stunde.«

»Und da bist du jetzt schon hier?«, fragte er verwirrt.

Sie nickte. »Ich schaue auf das Tor«, sagte sie leise, »dass ich gleich sehe, wenn meine Mutter einmal zurückkommt. Sie kommt bestimmt durch dieses Tor.«

Er schluckte. »Bestimmt«, sagte er.

»Bei Lolek ist es gut«, sagte sie, »aber ich möchte auch wieder mit Mama zusammen sein.«

»Klar«, sagte er, »macht dir der Regen nichts aus?«

»Nein. Ihnen?«

»Nein.«

Sie kicherte. »Zu mir sagen sie immer Patye, der Frosch. Und ich bin auch ein Frosch. Ich habe den Regen gern. Nur früher, wie ich noch auf der Straße geschlafen habe, da war der Regen scheußlich. Haben Sie denn schon einmal auf der Straße geschlafen?«

»Nein.«

Sie lachte wieder. »Man kommt sich vor wie ein Schiff. Immer hat man Angst, fortzuschwimmen, und dann verschwindet man in einem Kanal.«

Sie betrachtete ihn von der Seite. »Sie waren mächtig mutig, zuerst«, sagte sie.

»Ja?«

»Das hat denen noch niemand gesagt. Manche kommen zum Tor und schreien und weinen und klammern sich am Tor fest, aber die werden immer gleich erschossen. Komisch, dass die heute nicht geschossen haben.«

Lange sprachen sie kein Wort miteinander. »Glaubst du«,

fragte er endlich, »ich meine, hast du vielleicht schon einmal gesehen, dass auch Anständige unter den Deutschen sind?«

»Nein«, sagte sie, »bestimmt nicht. Aber Michel haben sie einmal laufen lassen. Aber da waren nicht die Deutschen schuld, sondern die Heiligen bei der Kirche, mit denen er vorher gesprochen hat. Er geht jedes Mal hin und unterhält sich mit ihnen. Es sind ein paar Heilige mit Bärten, und Frauen sind auch darunter, die sind auch heilig.«

»Vielleicht kommen alle, die von den Deutschen getötet werden, gleich in den Himmel«, sagte er, »das könnte sein. Dann ist Elsa vielleicht auch schon dort.«

Patye gab keine Antwort.

»Ich habe sie sehr gerne gehabt«, sagte er leise, »und jetzt ist sie fort, und ich wollte mich sogar ihretwegen erschießen lassen. Dabei kann ich mir nicht einmal mehr ihr Gesicht vorstellen. Verstehst du das?« Sie gab keine Antwort. Patye, der Frosch, hatte den Kopf auf die Arme gelegt und schlief.

Pavel kam spät zurück. Irena hatte rote Augen, und sie fuhr hastig darüber, als könne sie es fortwischen.

»Dov ist da«, sagte Pavel, »um ein Haar hätte sich dieser Narr selbst umgebracht. Läuft zum Tor und schreit, sie sollen ihn erschießen, dieser Idiot. Und macht Gedichte. Kein Wunder, wenn er auf solche Gedanken kommt. Ist Lersek da?«

»Er hat sich hingelegt.«

Pavel war nervös. »Ich hätte gern irgendwo mit dir gesprochen, wo niemand zuhören kann«, sagte er.

»Ich muss hier bleiben«, sagte sie verwirrt, »wenn mich

irgendjemand braucht. Der Typhus wird schon wieder stärker. Jeden Tag sterben ein paar.«

»Ich weiß«, sagte er, »du vergisst, dass ich sie abhole.«

»Ja, natürlich.«

»Ist auch egal«, sagte er, »es kann uns jeder zuhören. Ich sage immer du zu dir, und ich habe nicht einmal gefragt, ob ich es darf.«

»Wenn du gerne magst?« Sie begann einen Verband aufzurollen, ihre Finger liefen geschickt über den Stoff.

»Ich wollte dir einen Vorschlag machen«, sagte er. »Wie geht es übrigens Lolek?«

»Er hat Fieber. Lersek meint, es ist der Typhus. Er hat sein Bein operiert, und Dr. Henryk hat die Arbeit von Borkenbach übernommen.«

»Tatsächlich?«

»Und was ist das für ein Vorschlag?«, fragte sie leise.

»Irena«, sagte er, »du weißt natürlich, dass ich unnütz bin und wahrscheinlich auch unsympathisch?«

»Sehr«, sagte sie.

»Ich wollte einmal ein guter Maler werden, aber ich fürchte, dazu reicht es nicht mehr. Ich weiß überhaupt nicht, was ich anfangen könnte, wenn wir zufällig einmal hier herauskämen.«

»Ich auch nicht«, sagte sie.

»Aber wir kommen nicht heraus«, sagte er, »wir haben noch zwei, drei Monate zu leben. Das ist alles.«

»Ja«, sagte sie.

»Irena«, sagte er, »ich möchte, dass wir heiraten.«

Der Verband fiel zu Boden, er breitete sich aus und wurde ein langer weißer Streifen.

»Ich mag nicht, dass du solche Scherze machst«, sagte sie.

Er lachte. »Das ist ausnahmsweise kein Scherz«, sagte er. »Willst du?«

Die Röte schoss ihr ins Gesicht. »Du meinst«, fragte sie, »wir sollten richtig heiraten?«

»Natürlich«, sagte er fröhlich. »Willst du?«

Ihre Finger kamen nicht zur Ruhe. »Ja«, sagte sie ganz leise. Er sah, dass sie weinte, aber sie lächelte unter den Tränen. »Wann du willst«, sagte sie.

»Am liebsten morgen«, sagte er, »auf jeden Fall in ein paar Tagen.«

Im Saal stöhnte jemand auf. Der Regen schlug gegen das Haus.

»Ich bin sehr glücklich«, sagte sie.

»Noch etwas«, sagte er.

»Ja, Pavel?«

Er nahm ihre Hand, sie wurde ganz ruhig dabei. »Die Hände einer Krankenschwester und die Hände eines Totengräbers.«

»Ja, Pavel«, sagte sie zärtlich. Sie sah hübsch aus in ihrer Schürze und mit dem Gesicht, in dem noch immer die Tränen hingen.

»Wir werden Kinder haben«, sagte er rau, »eine ganze Menge.«

Sie lachte. »Das wird nicht so schnell gehen«, sagte sie.

»Doch. Patye zum Beispiel. Du kennst sie doch?«

»Natürlich.

»Und Michel. Und noch ein paar andere. Ich möchte, dass sie wieder eine Mutter haben. Jetzt. Und auch später, wenn sie durchkommen.«

»Ja, Pavel.«

Er stand auf und sprach zum Fenster hinaus. »Sie können nur noch hassen«, sagte er, »nichts anderes. Du musst Wanda hören, wenn sie davon spricht, wie der Teufel die Deutschen braten wird. Es ist so viel Hass in ihr. Und es sind doch noch Kinder. Wir werden nie wieder Frieden bekommen, wenn der Hass schon in den Kindern ist.«

»Sie können doch nichts dafür«, sagte Irena.

»Natürlich nicht. Aber sie sollten wieder lernen, dass es auch etwas anderes gibt als Hass.«

»Was denn?«

»Liebe«, sagte er hart. Als er sich umwandte, sah er ihr Gesicht und ihr Lächeln.

»Ich hätte nicht gedacht, dass du so etwas sagen kannst«, sagte sie.

»Ach was«, sagte er, »auf das kommt es nicht an.«

Ein Mann rief nach Wasser, und sofort stimmten andere in sein Rufen ein.

»Ich muss hinein«, sagte Irena. »Bleibst du noch?«

»Nein.« Er lächelte. »Ich muss schließlich die Hochzeit vorbereiten. Es soll doch eine richtige Hochzeit sein. Oder?«

»Wenn es geht.«

»Eine Hochzeit mit Überraschungen«, sagte er zufrieden. »Ich werde es morgen gleich bekannt geben.«

Er küsste sie, und sie lag still in seinen Armen.

Auf dem Dach sang Abrasha Blau sein gleichförmiges Lied, und es war ein Lied gegen den Regen.

KAPITEL 12

»Wir müssen in die Kanäle«, sagte David, »es bleibt uns nichts anderes übrig. Wir haben ein paar Typhuskranke und fast nichts zu essen.«

Lolek biss die Zähne zusammen. »Ihr kommt also ohne mich aus«, sagte er, »ihr entscheidet ohne mich. Weil ich krank bin. Weil ich in Gips liege.«

»Wir müssen etwas tun«, sagte David, »wir können nicht warten, bis du gesund bist.«

Lolek drehte das Gesicht zur Wand.

»Macht, was ihr wollt.«

»Über die Mauer ist es zu gefährlich«, sagte David, »Michel hätten sie das letzte Mal fast erwischt. Und ich habe es dreimal versucht und bin nicht hinübergekommen.«

»Michel ist geschickt, was?«, fragte Lolek.

»Sie sagen, seine Schwester beschützt ihn.«

»Unsinn«, sagte Lolek. »Wanda kann genauso viel und genauso wenig tun wie wir alle.«

»Deshalb müssen wir durch die Kanäle«, sagte David, »die

anderen machen es auch so. Die Kanäle gehen unter der Mauer durch.«

»Und wenn sie unten Wachen haben?«

»Sie haben keine Wachen.«

»Dann steckt ihr in der Falle.«

»Wir kommen schon durch. Und sie haben keine Wachen. Sie haben die Ausgänge versperrt. Mit Gittern. Und mit Stacheldraht.«

»Dann kommt ihr sowieso nicht durch.«

Lolek wandte sich wieder um. Sein Gesicht glühte vor Fieber, die Schweißperlen rannen über seine Stirn.

»Wie wollt ihr das machen?«, fragte er.

David blickte verlegen zu Boden. »Wir haben gedacht, wir nehmen Patye mit.«

»Den Frosch? Ihr seid wahnsinnig.«

»Wir passen schon auf sie auf.«

»Das geht nicht«, sagte Lolek, »sie hält das nicht aus.«

»Du wolltest sie doch über die Mauer schicken. Weil sie so klein ist.«

»Kann sein«, sagte Lolek, »dass ich einmal daran gedacht habe.«

»Sie kommt auch durch den Stacheldraht.«

Lolek stützte sich mühsam hoch. »Verdammt«, sagte er, »dass ich nicht mitgehen kann. Wenn sie euch abschießen, bin ich schuld.«

»Du hast Typhus«, sagte David, »und wir würden es nicht tun, wenn es nicht notwendig wäre.«

»Schon gut«, sagte Lolek.

»Es wäre uns selber lieber, du könntest dabei sein.«

»Ich habe schon versucht, mit einem Stock zu gehen. Aber es ist der verdammte Typhus.«

»Ich weiß«, sagte David.

»Und wie geht es bei uns zu Hause?«, fragte Lolek. »Los, erzähle schon.« Er sah David flehend an.

»Ich weiß nicht«, sagte David, »es ist so wie immer. Michel erzählt allen von seinen Heiligen. Er sagt, er kann sich mit ihnen unterhalten.«

Sie lachten verlegen.

»Und sonst?«

»Sie liegen herum. Patye hat jetzt einen Freund. Er heißt Dov und ist bei Pavel Kaufmann. Er sagt, er will bei uns mitmachen. Wir nehmen ihn mit in den Kanal. Er hat auch einen Revolver.«

»Das ist gut«, sagte Lolek. »Welches Modell?«

»Einen englischen. Mit sechs Schuss.«

»Fabelhaft«, sagte Lolek.

»Mit dem Typhus werden wir schon fertig«, sagte David, »Dr. Lersek kommt jeden Tag. Er nimmt niemanden mehr ins Spital. Er sagt, das ist zu unsicher. Er wird dich bald nach Hause schicken.«

»Er braucht mich nicht schicken«, sagte Lolek, »du wirst sehen, ich komme ganz allein. Das Bein macht mir nichts aus. Mit einem Stock kann man ganz bequem gehen.«

Sein Gesicht glänzte vor Feuchtigkeit. »Es ist nicht besonders hier«, sagte er, »nicht wie zu Hause in unserem Keller. Habt ihr noch Mäuse?«

»Massenhaft.«

Lolek lächelte. »Erinnerst du dich an Judith?«, fragte er. »Sie ist vor Angst halb gestorben, wenn sie eine Maus gesehen hat. Geschüttelt hat sie sich vor Ekel.«

David lachte. »Ich habe selber eine Schwester«, sagte er, »du brauchst mir nichts über Mädchen erzählen. Sie sind alle nicht viel wert, außer Wanda natürlich.«

»Sie kommt oft«, sagte Lolek, »aber wir reden nur über ganz belanglose Dinge.«

David neigte sich gespannt vor. »Hast du sie schon, ich meine, hast du ihr schon einmal einen Kuss gegeben?«

Lolek wurde rot und schaute auf die Decke. »Klar«, sagte er. Eine Pause entstand.

»Dann werde ich jetzt gehen«, sagte David.

»Weißt du, dass Pavel Kaufmann die Krankenschwester heiratet?«

»Nein.«

»Es wird eine richtige Hochzeit. Und Pavel sagt, er hat eine Überraschung.«

»Welche Überraschung?«

»Keine Ahnung. Aber wir sind alle eingeladen.«

»Ich weiß nicht«, sagte David, »ob das gut ist, wenn wir kommen. Ich weiß gar nicht, was man da so redet.«

»Alles«, sagte Lolek, »du kannst reden, was dir gerade einfällt.«

David stand auf. »Dann also«, sagte er, »und wir kommen gleich, wenn das mit dem Kanal gut gegangen ist.«

»Passt auf«, sagte Lolek.

Sie gaben einander rasch die Hände.

David stieg zuerst ein, dann Patye und zuletzt Dov. Sie hörten den schweren Deckel fallen. Sie hatten die Taschenlampen um den Hals gehängt, und das Licht schnitt helle Flecken aus der Dunkelheit.

»Langsam«, sagte David, »die Sprossen sind feucht. Wir sind gleich unten.«

Sie stiegen einen schmalen Schacht hinunter und hörten unter sich das Wasser rauschen. Ihr Atem ging schnell, als sie unten anlangten. Jedes Geräusch klang dumpf von den Wänden wider. Es war sehr dunkel, und das Wasser pfiff und gurgelte.

»Klingt wie Ratten«, sagte Dov, und er spürte, wie Patye zitterte.

»Etwas nicht in Ordnung?«, fragte er.

»Ich habe Angst«, flüsterte sie, »es ist so dunkel hier.«

»Das ist ein Kanal«, sagte David, »und Kanäle sind dunkel. Das Wasser braucht keine Beleuchtung. Die Kanäle führen überallhin, sie sind unter der ganzen Stadt. Unter jeder Straße ist ein Kanal.«

»Aber wir finden nicht mehr heraus«, sagte Patye ängstlich. »Wenn überall die Deckel zu sind, dann sitzen wir hier unten und verhungern und erfrieren, und oben sitzen die Deutschen auf den Deckeln und lachen.«

»Wir finden heraus«, sagte David, »ich habe es mir genau erklären lassen. Bei jedem Ausgang steht die Straße angeschrieben.« Seine Stimme klang zuversichtlich. »Wir spazieren jetzt in aller Ruhe unter der Mauer hindurch, und oben warten sie, dass sie auf jemanden schießen können.«

Er hörte Patye leise lachen. Sie gingen langsam vorwärts und hörten auf das Echo ihrer Schritte. Das Wasser spritzte unter ihren Beinen auf, sie spürten den weichen Schlamm.

»Das Wasser tut nichts«, sagte Dov.

Patye zitterte noch immer. »Es ist so unheimlich«, flüsterte sie.

David sah Dov Hilfe suchend an. Beim geringsten Geräusch zuckte er zusammen und blieb stehen. Jeden Augenblick wartete er darauf, dass seine Taschenlampe ein Gesicht aus der Dunkelheit schneiden würde, ein unheimlich grinsendes Gesicht, das mit der Maschinenpistole auf sie wartete.

»Hier ist es schön«, sagte Dov ruhig, »nicht wahr, Patye?«

»Sie wollen mich nur beruhigen«, sagte sie, »aber Sie haben selber Angst.«

»Angst?« Er lachte. »Habe ich Angst gehabt, als ich denen beim Tor meine Meinung gesagt habe?«

»Nein.«

»Siehst du. Hier ist es ruhig. Es gibt keine Soldaten. Kein Getto. Keine einzige Mauer. Hier kann man gehen, wohin man will.«

»Daran habe ich noch nicht gedacht«, sagte David.

»Man kann zum Beispiel unter den Kasernen durchschleichen«, sagte Dov. »Da schnarchen oben tausend deutsche Soldaten, und wir sind direkt unter ihnen, und sie hören uns nicht, und sie sehen uns nicht. Ich finde das komisch.«

Patye lachte. »Schnarchen sie wirklich?«, fragte sie.

»Natürlich schnarchen sie. Und wir spazieren unter ihren Betten herum. Wenn wir uns groß machen, können wir sie an den Fußsohlen kitzeln.«

David achtete scharf auf die Inschriften an der Wand. Die Streifzüge über die Mauer hatten ihn gelehrt, auf jede Kleinigkeit genau zu achten.

»Es sind eine ganze Menge Leute hier unten«, sagte er, »wenn ihr etwas hört, braucht ihr nicht gleich denken, es sind Deutsche.«

»Oder das Wasser«, sagte Dov eifrig, und er fühlte sich seltsam glücklich dabei, »dem geht es hier gut. Es braucht nicht zu frieren. Oben, da regnet es und schneit es, und es ist kalt. Hier unten ist es immer warm. Das Wasser hat einen steinernen Pullover an.«

»Sagen Sie das noch einmal«, sagte Patye.

»Es hat einen steinernen Pullover«, sagte Dov, »ist das etwas Besonderes?«

»Sie erzählen so schön«, sagte Patye. »Wissen Sie noch etwas?«

»Hier kann man gut erzählen«, sagte Dov, »und kein Mensch kann einen stören. Die Frösche wissen schon, warum sie oft in einem Brunnen wohnen. Sogar Froschkönige wohnen dort.«

»Zu mir sagen sie auch Frosch«, sagte Patye, »und der Kanal ist mein Brunnen.«

»Na also«, sagte Dov, »jetzt gefällt es dir schon.«

»Ja«, sagte Patye, und sie lauschte auf das Glucksen des Wassers und das merkwürdige Dröhnen der Schritte.

»Warum sind die Schritte hier unten so laut?«, fragte sie. Dov dachte nach.

»Vielleicht, weil wir hier so wenige sind. Oben, da gehen so viele Leute, dass die Schritte gar keine Zeit haben, Lärm zu machen. Aber hier haben sie Zeit und machen Lärm.«

David blieb stehen. Im Lichtkegel sahen sie verschiedene Kanäle, die nach allen Seiten auseinander liefen.

»Ganz schön viele«, sagte David.

»Da haben sie viele Jahre daran gebaut«, sagte Dov.

»Wir müssen nach links. Ich habe es mir erklären lassen.«

»Gut«, sagte Dov, »wie du meinst.«

»Es gibt eine ganze Menge Kanäle, die hören plötzlich auf, und man steht vor einer Wand«, sagte David, »wenn man nicht aufpasst, läuft man immer im Kreis.«

Sie gingen weiter.

»Und auf der anderen Seite muss ich ganz allein hinaus?«, fragte Patye.

»Der Stacheldraht ist zu eng für uns«, sagte Dov, »und wenn wir ihn zerschneiden, verraten wir unseren Weg, und sie vermauern ihn das nächste Mal, oder sie stellen Wachen auf.«

»Ich mag nicht allein hinauf«, sagte Patye zaghaft.

»Von dort sind es nur ein paar Schritte«, sagte David, »Michel hat oben einen viel längeren Weg.«

»Ich fürchte mich«, sagte Patye, der Frosch. David stieß Dov. »Erklären Sie es«, sagte er ratlos.

»Hör zu«, sagte Dov, »du bist klein, du kommst durch, und oben fällst du nicht auf. Und es passiert dir auch nichts. Du bist unter der Mauer durchspaziert, den ganzen weiten Weg. Was soll da oben schon passieren?«

»Ich weiß nicht«, sagte Patye.

»Du steigst auf einmal aus dem Boden. Wie ein Engel. Ist das nicht fabelhaft?«

»Engel kommen von oben«, sagte Patye.

»Engel können auch von unten kommen.«

»Ist das wahr?«

»Natürlich ist es wahr.« Dov überlegte verzweifelt. »Hör mal«, sagte er erleichtert, »ein Schutzengel zum Beispiel.«

»Der kommt auch von oben«, sagte Patye verzagt.

»Keine Spur«, sagte Dov. »Jetzt zum Beispiel, wenn du hier unten gehst, wo ist da dein Schutzengel, ha?«

»Sie meinen, er ist hier unten bei mir?«

»Muss er ja. Sonst ist er kein Schutzengel. Und er steigt mit dir hinauf.«

Sie schwiegen. Die Taschenlampen tasteten über die Wände, über die langsam das Wasser lief. Sie gingen, und es schien ihnen, als seien sie immer hier unten gegangen, immer weiter, Stunde um Stunde.

Patye spürte, wie sie müde wurde, wie ihre Beine nur noch widerwillig weitergingen, und sie fühlte den Schlaf in ihren Augen.

»Hier ist es«, sagte David plötzlich, »hier muss es sein.« Der Lichtkegel tastete über die Mauer. »Nein«, sagte er enttäuscht, »noch nicht. Noch ein Stück weiter.«

Sie sprachen nicht mehr. Einmal trafen sie einen alten Mann. Er tauchte aus der Dunkelheit auf, und er stand da, ohne sich zu rühren.

»Wohin?«, fragte er müde.

»Golsawastraße«, sagte Dov.

»Nur da weiter«, sagte der Alte. Die Kleider hingen ihm in Fetzen vom Leib. Er war schmutzig wie eine Ratte, und sein Gesicht war ungesund blass. »Sie brauchen nicht zu erschrecken«, sagte er, »ich wohne schon einige Zeit hier unten. Sie gehen um Lebensmittel, was?«

»Ja«, sagte Dov.

»Wenn Sie zurückkommen, können Sie mir etwas abgeben«, sagte der Alte, »alle tun das. Ich werde für Sie beten.«

»Warum gehen Sie nicht hinauf?«, fragte Dov.

»Meine Frau ist hier gestorben«, sagte der Mann, »und ich bleibe bei ihr. Vergessen Sie nicht, mir etwas abzugeben.«

»Nein«, sagte Dov.

»Ich warte hier«, sagte der Alte.

»Kommen viele hier durch?«

Der Alte nickte. »Mit Lebensmitteln. Und mit Waffen. Scheint, als ob sich ein paar gegen die Verschickung wehren wollten. Gegen die Deutschen wehren! Selbstmord ist das. Lieber sollten sie sich noch einmal ordentlich satt essen. Ich warte hier auf Sie. Und wenn Sie wollen, werde ich für Sie beten.«

»Nützt das?«, fragte Dov.

»Bei manchen schon«, sagte der Alte nachdenklich, »aber wenn es nichts nützt, bekomme ich auch nichts ab.«

Sie hörten ihn heiser hinter ihnen lachen.

»Wir sind da«, sagte David zufrieden, »sehen Sie.« Mit weißer Farbe war an die Wand geschrieben: Golsawa.

Sie blickten den Schacht hinauf.

Oben war es ein wenig heller.

»Ich gehe mit dir hinauf«, sagte Dov, »David soll unten warten.«

»Ja«, sagte Patye zaghaft.

Sie kletterte vor ihm, und einmal spürte er, wie sie abrutschte, und hielt sie fest. »Na, Frosch«, sagte er.

Durch die Fugen des Deckels, durch ein paar schmutzige Löcher, fiel das Mondlicht. Dov untersuchte rasch den Stacheldraht, den sie unter dem Deckel gespannt hatten. Draußen war alles still.

»Ich hebe den Deckel hoch und ziehe den Draht auseinander«, flüsterte er. »Du wirst schon durchkommen.«

»Ich kann nicht«, sagte sie. Sie brach in ein mutloses, ängstliches Weinen aus.

»Komm schon, Frosch«, sagte er leise. »Wir brauchen etwas zu essen, und wenn du nichts isst, wirst du auch deine Mutter nicht mehr treffen.«

Sie schluckte. Er lauschte noch einmal auf die Straße und hob den Deckel hoch. Mit aller Kraft zog er den Draht auseinander und spürte, wie sich zwei Spitzen in seine linke Hand drückten. Patye zog sich hoch, und ihr Körper glitt durch die Öffnung. Die Spitzen drückten sich noch tiefer in seine Hand. Er sah, wie sie hastig zum nächsten Haus hinüberlief und gleich darauf in der Dunkelheit verschwand.

»Mach es gut, Frosch«, murmelte er. Er schloss den Deckel.

Fast eine Stunde verging. Dov hatte Mühe, sich an den Eisenstäben festzuhalten, aber er wagte nicht, nach unten zu klettern. Einmal rief David etwas herauf, aber er verstand ihn nicht. Die Zeit kroch träge dahin. Dov hörte das Plätschern des Wassers, und er dachte sich Geschichten für Patye aus, und er begann zu zählen, von eins bis tausend, und er zählte immer schneller, als könne er damit Patye herbeirufen. Ein paar Mal waren Schritte auf der Straße, und es klang, als klopfe jemand hohl mit einem starken Knöchel gegen das Pflaster. Dann endlich erkannte er ihren Schritt. Er warf den Deckel hoch, und er sah weder rechts noch links, und ein eisiges Entsetzen hatte ihn gepackt.

»Schnell, schnell«, keuchte er. Sie kniete nieder und reichte ihm ein schweres Paket, das er ohne Bedenken in den Schacht fallen ließ. Er hörte es unten aufschlagen und das Wasser hochspritzen. David würde es sofort herausziehen. Er drückte den Stacheldraht mit aller Kraft beiseite, und Patye glitt mit den

Füßen voran herein, sie suchte nach den eisernen Sprossen, fand Halt und duckte sich zusammen. Gleich darauf zog er den Deckel zu.

»Hinunter«, keuchte er, und sie krochen hastig in den Schacht und krallten sich mit den Händen fest. Der Lichtschein über ihnen verschwand. David grinste ihnen entgegen.

»Na endlich«, sagte er.

»Alles in Ordnung?«, fragte Dov, und er hörte sein Herz klopfen. Patye nickte.

»Es war gar nicht so schlimm«, sagte sie.

David hatte das Paket unter den Arm geklemmt. An einer Ecke war es stark schmutzig, und das Wasser tropfte herab. Sie gingen schnell vorwärts, und das Echo ihrer Schritte tappte von den Wänden wider.

»Da war eine Frau«, sagte Patye, »die hat ausgesehen wie ein Engel.«

Dov lachte. »Sie ist auch ein Engel«, sagte er, »sonst hätten wir jetzt keine Lebensmittel. Sie wird zwar dafür bezahlt, aber das macht fast nichts aus. Immerhin könnte sie Angst haben vor der Polizei. Die Deutschen verstehen da keinen Spaß. Oder sie könnte Angst haben vor Typhus oder vor den Ratten, vielleicht schon vor dem Geruch der Ratten.«

»Sie war noch ganz jung und hatte feuerrote Lippen«, sagte Patye träumerisch. David machte den Mund auf, doch Dov winkte ihm, zu schweigen.

»Glauben Sie, dass meine Mutter auch so ein Engel ist?«, fragte Patye. »Mit roten Lippen und einem weißen Kleid?«

»Vielleicht«, sagte Dov, »das weiß niemand genau. Aber wenn sie ein Engel ist, dann hat sie auch ein weißes Kleid.«

Der alte Mann stand noch immer dort, wo er gestanden hatte, als sie ihn verlassen hatten.

»Ich habe gebetet«, sagte er. David griff in das Paket und drückte ihm etwas in die Hand.

»Danke«, sagte der Mann, »Sie sind sehr freundlich.«

»Beten Sie weiter«, sagte Dov, »immer weiter.«

Er verschwand schnell in einem Seitenstollen, als habe er Angst, sie könnten ihr Geschenk zurückverlangen.

»Komisch«, sagte Dov, »dass das auch ein Mensch ist. Hungert hier unten und bleibt trotzdem am Leben.«

»Wie der Froschkönig«, sagte Patye.

Der Schlamm schmatzte unter ihren Tritten.

13 Michel trat nahe an die Heiligenstatuen der Kirche heran. Ihre Gesichter blieben im Dunkeln, aber wenn er mit den Händen vorwärts tastete, spürte er die Falten der steinernen Gewänder, und er spürte, wie der Stein langsam zerbröckelte, weil er alt war wie die Kirche und niemand da war, der sich um ein paar schmutzige Heiligenfiguren kümmerte.

»Schade, dass ich euch nicht mitnehmen kann«, flüsterte Michel, »ich würde euch waschen und in unserem Keller aufstellen. Ich wäre bestimmt gut zu euch, und ihr esst auch nichts. Wir brauchten gar nicht besonders für euch zu sorgen, und ihr könntet unseren Keller beschützen.«

Er wartete auf Antwort, aber die steinernen Heiligen schliefen. In diesem Augenblick spürte Michel Bronsky den Schmerz wieder. Es war wie ein Messerstich in den Bauch, und er gab nicht nach, und der Schmerz wurde mit jeder Sekunde heftiger und blieb dann ganz plötzlich bewegungslos liegen, als sich Michel zusammenkrümmte.

Michel sah die Heiligen flehend an. »Vielleicht könntet ihr den Schmerz wieder wegnehmen«, sagte er bittend, »nur auf eine Stunde, bis ich wieder drüben bin, wenn das nicht zu viel verlangt ist, wo ihr mich doch ohnehin beschützt. Aber wenn das nicht geht, dann komme ich schon so hinüber.«

In der Ferne brummte ein Flugzeug über die Stadt.

Michel kniete nieder. Er hatte das Gebet oft gesagt, und es kam schnell von seinen Lippen:

»Liebe Heilige«, sagte er, »macht, dass ich über die Mauer komme und dass mich die Deutschen nicht in den Rücken schießen, und wenn es sein muss, macht, dass ich gleich tot bin und dass Wanda nicht zu viel weinen muss.« Er schwieg einen Augenblick. »Und vielleicht könnt ihr alle beschützen, die ich gern habe, Lolek und Patye und so, und die Deutschen sollen den Krieg verlieren und eingesperrt werden.«

Er stand auf.

Der Schmerz in seinem Bauch begann wieder zu ziehen.

»Gute Nacht«, sagte er leise.

Er beeilte sich nicht, obwohl das Morgengrauen schon hinter den Wolken lag. Er hatte Angst vor der Mauer und vor dem Maschinengewehr, aber er wusste, dass die Heiligen bei ihm waren.

14 »Wetten, dass ich ihn heute erwische«, sagte Werner Thalhammer.

»Ich wette nicht«, sagte Schremmer. Er sah hinaus in den Regen. »Wie tot«, sagte er, »das ganze Getto ist tot. Ein paar tausend Menschen und kein einziges Licht. Wenn man dort durch den Regen geht, glaubt man, man ist am Ende der Welt.«

»Werden sich hüten, Licht zu machen«, sagte Thalhammer. »Hast du eine Zigarette?«

Schremmer deutete mit dem Kopf auf den Rock, der unordentlich über der Stuhllehne hing. Thalhammer ging hinüber und griff in die Rocktasche. Das Feuer des Zündhölzchens in der hohlen Hand warf einen freundlichen Schein.

»Aufpassen«, sagte er. Und im selben Augenblick sahen sie ihn beide, ein winziges Bündel, das durch den Regen rannte und den Scheinwerferkegel kreuzte.

»Er muss verrückt geworden sein!«, schrie Schremmer. Er sah, wie der Junge sich an der Mauer hochzog.

»Schießen!«, brüllte Thalhammer.

Der Junge hatte Mühe, auf die Mauer zu kommen. Er erhob sich schwankend, bereit, zu springen, aber er blieb stehen und krümmte sich plötzlich zusammen. Der Scheinwerfer lag voll auf ihm, und sie konnten sein Gesicht sehen, einen kleinen, ängstlichen Flecken, der im nächsten Augenblick ausgelöscht sein würde.

»Schießen«, keuchte Thalhammer. Er war wie verrückt, sein Mund war weit aufgerissen, er keuchte die Worte hervor, und der Atem pfiff aus ihm.

Erich Schremmer hatte noch niemals einen Menschen getötet. Unverwandt starrte er auf das Gesicht des Kindes, und sein Herz krampfte sich schmerzlich zusammen, er drohte zu ersticken, und das Blut klopfte gegen seine Schläfen, als er den Hebel zurückriss. Das Maschinengewehr tackte los.

Schremmer sah, wie der Junge nach vorne fiel, mit einem Ausdruck des schrecklichen Staunens im Gesicht, wie er die Arme hochriss und vielleicht auch schrie. Dann verschwand sein Gesicht in der Dunkelheit, und man ahnte den leichten Aufschlag des Kinderkörpers.

»Gratuliere«, sagte Thalhammer. »Wir hätten wetten sollen.« Erich Schremmer war nach vorne gefallen. Entsetzen schüttelte ihn, sein Kopf drohte zu platzen, immer sah er dieses Gesicht vor sich, das Gesicht des Kindes, das ihn in schrecklichem Staunen anblickte.

Er wünschte weinen zu können, aber es hatte ihn bei der Kehle gepackt und ließ ihn nicht los. Seine Schultern zuckten, und er hatte das Gefühl, als hätte er in den kleinen Hof geschossen, in dem sie als Kinder gespielt hatten: Drittenabschlagen, Räuber und Gendarm, Blindekuh.

Er sah Werner Thalhammer an, wie er dastand, die Zigarette im Mund, und lächelte. »Du Hund«, flüsterte er, »du gottverdammter Hund.«

»Na, na, na«, sagte Werner Thalhammer.

KAPITEL 15

15 Wandas Hände waren eiskalt. Sie war wie eingefroren, unfähig, irgendetwas zu denken. Sie sah Rebekka, der die Tränen ohne Pause über die Wangen liefen, und sie sah Lersek, wie er tief über Michels Körper gebeugt stand. Lerseks Hände hatten auch jetzt nicht ihre Ruhe verloren, sie waren verlässliche kleine Arbeiter, die jede Kleinigkeit registrierten und jede winzige Chance nützten.

Draußen wurde es langsam Tag, doch der Regen hatte nicht nachgelassen. Es war ein kalter, unbarmherziger Regen, der es sich anscheinend zum Ziel gesetzt hatte, das letzte Elend im Getto zu ersäufen, aber vorher die Leute krank zu machen, ihnen das Fieber zu bringen, sie draußen auf der Straße liegen zu sehen.

Man hörte das Rumpeln der Leichenkarren. Pavel Kaufmann war schon an der Arbeit. Man konnte die kurzen Rufe der Männer hören, manchmal das Aufschlagen eines Körpers auf dem Holz des Wagens.

Lersek war müde, und er verstand nicht mehr ganz, was hier

vorging, er bemühte sich, es zu begreifen. Der Körper unter seinen Händen zuckte, und es war ein Stück Leben eines Kindes, das noch nicht fortgehen wollte aus diesen kalten Gassen, durch die die Nazis kamen, um neue Opfer zusammenzutreiben.

»Er lebt«, sagte Lersek.

Rebekka weinte noch immer.

»Es ist ein Wunder«, sagte Lersek, »wenn es wahr ist, dass sie ihn mit dem Maschinengewehr genau im Ziel gehabt haben, dann ist es ein Wunder. Er war lange bewusstlos, das ist alles. Nicht eine einzige Verletzung.«

Jemand tappte die Stiegen hinunter. Man hörte das harte Schlagen eines Stockes. Michel lag ganz still, und sein Atem ging ruhig.

»Seit Tagen hat er Typhus«, sagte Lersek, »aber das sagt einem ja niemand.«

Die Tür öffnete sich langsam. Lolek musste sich am Türstock festhalten, um nicht zu fallen. Sein Gesicht war rot vor Anstrengung. »Sie haben Michel erwischt«, sagte er, »ich habe es schon gehört. Wird er durchkommen?« Er schleppte sich vorsichtig näher.

»Du sollst liegen bleiben«, sagte Lersek grob, »man sollte glauben, du bist kein Kind mehr und du verstehst, was man dir sagt.«

»Schließlich geht es um Michel«, sagte Lolek. »Und ich bin für meine Leute verantwortlich.« Er lächelte Michel zu. »Wie geht's?«

»Gut«, sagte Michel leise.

»Haben sie dich erwischt?«

»Ja«, sagte Michel, »direkt auf der Mauer. Ich wollte springen, aber der Bauch hat so wehgetan, und ich bin stehen geblieben, und da haben sie geschossen, und ich bin hinuntergefallen. Aber der Doktor sagt, sie haben mich gar nicht getroffen.«

»Gut«, sagte Lolek zufrieden, »da hast du eben Glück gehabt. Wir können das Glück brauchen.«

Michel lächelte geheimnisvoll. Sein Gesicht war noch immer weiß in der Dämmerung. »Das war kein Glück«, sagte er, »das waren meine Heiligen.«

»Wieder einmal die Heiligen«, sagte Lolek.

»Ganz bestimmt«, sagte Michel, »ich habe sie ja entdeckt. Kein Mensch hat sich bisher um sie gekümmert. Sie waren die ganze Zeit allein. Sie sind froh, wenn sie ein wenig Unterhaltung haben. Dafür beschützen sie mich auch.«

Lersek stand auf. »Vielleicht versuchst du zu schlafen«, sagte er, »oder Lolek soll dir Gesellschaft leisten.« Lolek hockte sich auf den Bettrand nieder. Im Korridor roch es nach Regen.

»Komisch, dieser Glaube«, sagte Lersek, »was? Alle glauben sie an irgendetwas. Wie Michel an Heilige, an Wunder, wie Pavel an die Zukunft.«

Rebekka schaute zu Boden. Man sah die Abdrücke von schmutzigen Schuhen. »Und woran glaubst du?«, fragte sie.

»Das hast du mich schon einmal gefragt.«

»Und?«

»Die Leute sterben wieder auf der Straße. Der Typhus wird stärker. Die Deutschen greifen immer öfter, immer schärfer an. In ein paar Monaten sind sie mit dem Getto fertig. Die Häuser werden übrig bleiben. Die leeren Häuser. Dann ist alles vorbei: die Heiligen, die Wunder, die Zukunft. Nichts bleibt. Übrig bleiben die Nazis. Daran glaube ich.«

Er fand eine halbe Zigarette und zündete sie an.

»Oder willst du heiraten wie Pavel und Irena?«, fragte er. »Eine Totenhochzeit?«

Sie sah ihn nicht an.

»Wir sind kaputt«, sagte er. »Wir haben noch nicht angefangen zu leben, aber wir sind schon kaputt. Ich habe schon zu viele Leute sterben gesehen, als dass ich noch einmal ruhig leben könnte. Mit Feuer im Kamin und Wärmflasche und Schlafzimmer.«

»Ich habe fast zwanzig Kinder verloren«, sagte sie ruhig, »es hat sich niemand um sie gekümmert. Also habe ich mich um sie gesorgt. Sie haben Typhus gehabt oder sind verschickt worden. Und bei jedem Einzelnen ist es gewesen, als wäre mein eigenes Kind gestorben. Das hat mich kaputtgemacht, wie du sagst.«

»Eben.«

»Aber ich habe noch immer Kinder«, sagte sie, »noch immer mehr als zwanzig. Es kommen immer neue dazu. Und wenn ich nur ein einziges durchbringe, ja, das ist doch was, nicht?«

»Ja«, sagte er unsicher. Sie sahen hinaus in den Regen, und sie gingen zur Tür und atmeten den Geruch der Nässe. »Trotzdem möchte ich nicht heiraten wie Pavel, in einer Zeit, in der alles zu Grunde geht. Warum soll man einander versprechen, dass man zusammenhalten wird? Das müssen wir sowieso. Und sollen wir versprechen, dass wir treu sind? Oder was?«

»Vielleicht wollen sie damit nur zeigen, dass sie noch Vertrauen haben. Und Hoffnung.«

»Hoffnung«, sagte er bitter. »Unsere ganze Hoffnung ist, dass wir den Tag noch erleben werden, wo die Deutschen den letzten Schlag führen, und wir werden sie mit Maschinengewehren und

Handgranaten empfangen. Es wird viele Tote geben. Kein einziger Jude wird übrig bleiben. Aber auch viele Deutsche werden unter den Toten sein. Das ist unsere Hoffnung.«

Sie lauschten in den Regen, und etwas stand zwischen ihnen, vielleicht eine Welle von Hass. Sie hatten einander nichts mehr zu sagen, sie spürten es und suchten verzweifelt, eine Brücke zu schlagen.

»Dann werde ich jetzt gehen«, sagte sie. »Michel geht es ja gut.«

»Ja«, sagte er, »geh jetzt. Michel geht es gut.«

»Heute noch«, sagte Pavel, »heute Nachmittag. Ich habe den Mann aufgetrieben, der uns trauen wird.«

Irena lachte. Sie hatte hübsche Zähne, und wenn sie lachte, konnte man an Frühling denken und an weiße Wäsche, die an einer Leine über der Wiese hängt.

»Tut es dir auch nicht Leid?«, fragte sie.

»Leid? Warum?«

Es machte ihm Spaß, zu sehen, wie der Regen aus ihrem Haar tropfte. Sie dachten nicht daran, ins Haus zu gehen. Sie standen bei der Mauer des Gartens, und manchmal lachten sie unvermittelt und waren glücklich. »Du hast dann immerhin für eine Familie zu sorgen.«

»Wir waren immer eine große Familie zu Hause«, sagte er, »und zu hohen Feiertagen kamen alle zusammen, eine Schar Kinder und ganz alte Tanten und Onkel; sie saßen feierlich in unseren Sesseln und wollten von uns Gedichte hören und so. Und Mutter war die ganze Zeit unterwegs, um Kaffee zu kochen und Torten anzuschneiden, später die Suppe in Teller zu gießen. Es ist schön, eine große Familie zu haben.«

»Ich mag es gern, wenn du von zu Hause erzählst«, sagte Irena. Ein paar feine Tropfen rannen über ihre Nase.

»Du willst mich aushorchen, was?«, lachte er. »Du willst herausfinden, dass ich aus einer ganz schrecklichen Familie stamme, wo die Männer ihre Frauen prügelten.«

»Wirst du mich prügeln, Pavel?«

»Täglich«, sagte er.

»Ich dich auch«, sagte sie. Ein verspäteter Trupp Arbeiter marschierte eilig einem Gettotor zu.

»Irgendjemand hat die Bohnen ausgegraben«, sagte sie.

»Wenn schon. Hoffentlich haben sie ihm geschmeckt.«

»Du, Pavel«, fragte sie vorsichtig, »glaubst du, dass ich deiner Mutter gefallen würde?«

»Hast du schon einmal Bilder gemalt?«

»Nein.«

»Spielst du Klavier?«

»Nein.«

»Aber Schach?«

»Ich habe es nie versucht.«

»Gut«, sagte er, »dann würdest du ihr gefallen. Und Vater auch. Er mag natürliche Menschen. Er hatte Hunde gern. Und Katzen. Ich würde ihm sagen, das ist Irena, und sie macht Verbände und gibt Kranken zu essen, und wenn Lersek operiert, wird ihr nicht einmal schlecht.«

»Das ist nicht wahr«, sagte sie, »jedes Mal wird mir schlecht. Jedes Mal möchte ich weglaufen. Aber ich schäme mich vor ihm.«

»Magst du ihn?«

»Doch«, sagte sie. »Was für ein Mann ist das, der uns trauen wird?«

»Ich weiß nicht«, sagte er, »er sieht ziemlich schlecht aus. Ein ganz alter Mann. Ein Wunder, dass er noch am Leben ist. Früher hat er bestimmt zweihundert Pfund gewogen, und jetzt ist er mager wie ein krankes Ross.«

Er sah sie nachdenklich an. »Du«, sagte er, »da ist noch etwas.«

»Was denn?«, fragte sie zärtlich.

»Er ist Tscheche. Er versteht schlecht Polnisch. Ich konnte ihn nicht einmal fragen, welche Konfession er hat. Er ist kein Rabbiner, vielleicht nicht einmal Jude. Vielleicht ist er getauft. Vielleicht ist er Katholik. Oder Protestant. Macht es dir etwas aus?«

»Nein«, sagte sie ruhig, »warum denn? Vor Gott sind wir doch gleich, nicht? Sieht er nicht bei allen Trauungen zu?«

»Vielleicht«, sagte er. »Weißt du, dass du ganz nass bist?«

»Du auch«, sagte sie.

»Und was wünschst du dir zu deiner Hochzeit?«

Sie war wie ein Kind. »Lass mich überlegen«, sagte sie übermütig, »vielleicht eine Torte? Oder Kompott? Oder Käse?«

»Materialist«, sagte er, »da sag noch einmal, ich denke nur ans Essen.«

»Mach mir Vorschläge.«

»Wurst?«

»Nicht schlecht. Weiter.«

»Ein Perlenhalsband?«

»Weiter.«

»Hochzeitsreise an die Riviera?«

»Auch nicht schlecht.«

»So«, sagte er, »und jetzt werde ich dir etwas verraten.«

Er machte ein geheimnisvolles Gesicht. »Es ist gut, dass es so regnet.«

»Warum?«

»Weil du das tollste Hochzeitsgeschenk bekommst, das je eine Frau bekommen hat.«

»Sag es schon.«

Er schüttelte den Kopf. »Abwarten«, sagte er. Sie legte die Stirn in Falten, aber nichts fiel ihr ein. Ein Toter wurde auf die Straße geschafft. Er sah aus, als sei er eingeschlafen, und Henryk hatte ihm die Augen zugedrückt.

»Wo heiraten wir eigentlich?«, fragte sie.

»Wo?«, fragte er erschrocken. »Daran habe ich gar nicht gedacht. Ich habe ihm gesagt, er soll einfach zum Spital kommen.«

»Vielleicht unten, im Raum neben Dr. Lersek. Da ist Platz genug.«

»Macht es dir etwas aus?«

Sie lachte wieder. »Warum?«

»Ich habe noch einiges vor«, sagte er. Er küsste sie. »Um drei«, sagte er. »Und warte, bitte, wenn es später wird. Ich komme bestimmt.«

Er ging schnell weg und blickte sich nicht um. Irena winkte ihm nach. Das war ihr Tag. Der Tag ihrer Hochzeit. Sie spürte, dass ihr Gesicht nass war vom Regen. Im Haus klapperten blecherne Teller gegeneinander.

»Dieser Klein hat nach Ihnen gefragt«, sagte Dov.

»Wenn schon.«

Sie sprangen über Pfützen und ließen sich dann wieder Zeit.

»Er hat Mendelsohn geohrfeigt. Er hat nach Ihnen gefragt, und Mendelsohn hat gesagt, Sie heiraten heute, da hat Klein einen Wutanfall bekommen und Mendelsohn geohrfeigt und seine Frau beschimpft und gesagt, er wird uns alle wegholen.«

»Das tut mir Leid«, sagte Pavel Kaufmann.

»Ich gehe nicht mehr zum Friedhof zurück«, sagte Dov.

»Angst?«

»Sie brauchen mich«, sagte Dov, »ich gehe durch die Kanäle. Wir bringen Lebensmittel durch. Sie sollten nicht glauben, wie mutig Patye ist. Sie geht gern in den Kanal. Sie sagt, heute nimmt sie Papierschiffe mit und lässt sie unten schwimmen.«

»Ihr geht heute noch?«

»In der Nacht.«

»Schade«, sagte Pavel, »ich hätte euch gerne einmal alle beisammen gehabt bei meiner Hochzeit.«

»Wenn Sie wollen, kommen wir natürlich«, sagte Dov, »in ein paar Minuten haben wir alle beisammen.«

»Immer langsam«, sagte Pavel, »zuerst kommt mein Hochzeitsgeschenk.« Sie waren jetzt dicht bei der Mauer. Im Regen konnte man das linke Tor sehen. »Wir haben noch Zeit«, sagte Pavel.

»Wollen Sie hinaus?«, fragte Dov. »Das ist Wahnsinn, mitten am Tag.«

»Jemand will herein«, sagte Pavel, »ein Hochzeitsgast.«

»Jeden Tag werden mindestens zehn erschossen«, sagte Dov, »Michel sagt das. Hauptsächlich Kinder. Der Hunger treibt sie hinauf. Manche versuchen auch, unter der Mauer durchzukommen. Sie graben Gänge. Aber die Chancen sind nicht sehr groß.«

Durch den Regen sahen sie die Posten in ihren blauen Uniformen. Es waren Deutsche und Polen. Sie trugen Gewehre und Knüppel, und wenn sie schlechter Laune waren, schlugen sie die Leute mit den Knüppeln, bis sie zusammenbrachen. Sie machten das öfters, besonders wenn jemand versuchte, ohne Arbeitskarte mit den Arbeitern hinauszukommen. Man hörte die Geräusche der Stadt über die Mauer: das Brummen der Lastwagen und das Klingeln der Straßenbahnen.

»Hör zu, Dov«, sagte Pavel. »Um zwölf wird ein Trupp Schichtarbeiter durch das Tor gehen. Ungefähr um zwölf. Einer von ihnen wird seine Arbeitskarte nicht finden, und die anderen werden sich einmengen und bezeugen, dass er Fabrikarbeiter ist, und sie werden drängen und schieben, und schließlich wird er seine Karte doch finden, aber es wird ein ziemliches Durcheinander geben.«

»Wieviel bezahlen Sie ihm?«

»Viel«, sagte Pavel, »aber er riskiert auch Schläge dafür oder ein paar Tritte in den Bauch, schließlich geht es ja um mein Hochzeitsgeschenk.«

»Und weiter?«

»In dem Durcheinander wird drüben ein Lastwagen mit einer Rampe an die Mauer fahren. Und weißt du, wer auf dieser Rampe auf die Mauer spazieren wird?«

»Keine Ahnung«, sagte Dov, »Sie machen es mächtig spannend.«

»Eine Kuh«, sagte Pavel zufrieden.

»Nein«, sagte Dov fassungslos, »nein.«

»Eine Kuh«, sagte Pavel Kaufmann, »eine echte, frische, lebende Kuh.«

»Eine Kuh«, sagte Dov freudig, »das ist einfach nicht zu fassen. Das ist nicht auszuhalten.«

»Hoffentlich geht sie über die Rampe«, sagte Pavel, »wenn sie einmal oben ist, dann wird sie schon herüberspringen. Die drüben werden entsprechend nachhelfen. Aber allzu viel Zeit haben sie nicht. Sie müssen verschwinden, bevor die Maschinengewehre anfangen.«

»Und wozu brauchen Sie mich?«, fragte Dov.

»Wir müssen die Kuh wegholen«, sagte Pavel, »sie wird verrückt sein vor Angst. Natürlich werden sie auch schießen. Wir bringen sie hinüber in das Haus, wo früher die Bibliothek war. Ich habe einen Karren dort. Wir werden eine Zeit abwarten, und dann werden wir ihr die Beine zusammenbinden und sie auf den Karren legen. Ein Stück Segelleinwand darüber, und wir führen die Kuh mitten durchs Getto.«

»Toll«, sagte Dov, »das ist besser als das beste Gedicht.«

»Hoffentlich schießen sie uns die Kuh nicht ab.«

»Hoffentlich schießen sie uns nicht ab.«

»Nicht an meinem Hochzeitstag«, sagte Pavel, »und wenn du Angst hast, brauchst du nicht mitzumachen. Ich dachte, es würde dir Spaß machen.«

»Enorm«, sagte Dov, »ich habe seit Jahren nicht so viel gelacht.«

»Lachen werden wir nachher«, sagte Pavel.

Der Wind warf den Regen in kalten Schauern gegen die Gettomauer.

»Prachtwetter«, sagte Pavel, »genau das Wetter für meine Kuh.«

Sie beobachteten die Wachen und warfen verstohlene Blicke

auf die Maschinengewehre. Die Soldaten hatten Regenmäntel und Kapuzen darüber, nur ihre Gesichter waren zu sehen. Der Torposten rauchte, eine kleine Fahne stieg vor ihm hoch.

»Es ist gleich soweit«, sagte Pavel. »Ich habe einmal gewettet, dass ich eine Kuh herüberbringe. Mit Borkenbach. In dieser Kuh steckt mein ganzes Vermögen. Alles, was ich habe.«

»Gratuliere«, sagte Dov, »Sie hätten es nicht besser anlegen können.«

Pavel grinste ihn an. »Nicht wahr?«, sagte er. Er wurde ebenso schnell wieder ernst. »Dov«, sagte er, »glaubst du, dass eine Kuh das richtige Hochzeitsgeschenk ist?«

»Klar«, sagte Dov, »es gibt gar kein besseres. Ehrlich. Obwohl ich keine Erfahrung mit Frauen habe.«

Pavel lachte schon wieder. Er hatte gesunde Zähne. »Vielleicht schreibst du ein Gedicht, in dem eine Frau eine Kuh zur Hochzeit bekommt.«

»Ich weiß nicht«, sagte Dov, »in Gedichten ist das ganz anders.«

Die Arbeiter marschierten gegen das Tor. Sie gingen in Zweierreihen, und die Wachen formierten sich. Der Maschinengewehrschütze sah ihnen gelangweilt nach.

»Wenn nur nichts schief geht«, flüsterte Dov.

»Nicht heute«, sagte Pavel, »das Schicksal kann nicht solche Witze machen. Eine Frau, die noch nicht verheiratet ist, kann nicht wegen einer Kuh Witwe werden.«

Die Arbeiter standen vor den Wachen. Draußen hörte man Motorengeräusch.

»Engelsmusik«, sagte Pavel zufrieden. »Wenn die Spitze eines Kuhorns erscheint, dann nichts wie los.«

Sie hörten erregte Wortfetzen herüber. Die Wachen hatten einen Arbeiter aus der Reihe gezerrt. Er schrie und versuchte, sich loszureißen. Ein junger, hoch gewachsener Bursche schlug dem Mann ins Gesicht, dass er taumelte. Die Arbeiter standen ganz still und hatten die Köpfe gesenkt. Der Junge schlug ein zweites Mal zu, und der Mann taumelte. Er versuchte, sich festzuhalten, aber niemand fing ihn. Er fiel zu Boden und blieb eine Sekunde lang reglos liegen.

»Die Kuh!«, schrie Pavel.

Sie wurde auf die Mauer gedrängt und schlug wie wild um sich, und sie wollte zurück, wurde aber von der anderen Seite gestoßen. Sie drehte sich halb und brüllte auf vor Angst. Dann sprang sie. Drüben heulte ein Motor auf, und ein Wagen setzte sich wild in Bewegung.

Pavel und Dov liefen los, und sie bekamen die Kuh zu fassen, die wie rasend um sich schlug und sie ein Stück mitschleifte. Das Maschinengewehr tackte los, aber die Einschläge lagen weit hinter ihnen.

»Los, Dov, los!«, schrie Pavel, und er schrie wie wahnsinnig, gleichzeitig hängte er sich mit aller Kraft an das Tier, und er spürte seine Wärme und seine Angst.

Dov hatte die Kuh an der anderen Seite gepackt und drückte ihren Kopf nach unten. Sie hieb mit den Hinterbeinen wild um sich. Die Einschläge spritzten näher. Pavel merkte, dass man sie bald haben würde, und im Unterbewusstsein registrierte er das gespannte Gesicht des Schützen und die Gesichter der Arbeiter, die wie erstarrt standen, und den Mann, der sich auf die Knie aufgerichtet hatte und zu ihnen herüberstarrte.

Die Angst trieb die Kuh vorwärts, und sie begann plötzlich zu laufen, und Pavel drängte sie in die Richtung, in die er sie haben wollte, dabei brüllte er noch immer, und er hörte das verrückte Schreien von Dov und sah die Wachen loslaufen.

Dann schob sich ein Haus zwischen sie und die Maschinengewehre, und die Kuh wurde ruhiger. Sie brachten sie glücklich in das Haus, in dem die Deutschen wie die Barbaren gehaust hatten. Der Boden der Bibliothek war mit schmutzigen Papierfetzen bedeckt. An den Wänden sah man an hellen und dunklen Stellen, wo früher die Regale gewesen waren.

»Wir haben sie«, keuchte Dov, »mein Gott, wir haben sie.«

Draußen kam das Geschrei der Soldaten näher.

»Wir müssen ihr den Mund zuhalten«, sagte Pavel gefühlvoll. Die Soldaten waren jetzt direkt vor dem Haus.

»Wenn du brüllst, dann schlage ich dir den Schädel ein«, sagte Pavel. Die Zunge der Kuh leckte über seine Hand. Die Soldaten liefen weiter, und sie brüllten durcheinander.

»Wenn uns nur niemand verrät«, sagte Dov. An der Wand hatte man ein Bild vergessen. Eine Frau mit einem Kind auf dem Schoß. Pavel deutete mit dem Kopf hinüber.

»Familienleben«, sagte er.

»Eine echte Kuh«, sagte Dov. Er ließ seine Hand über das Fell tasten, und er die Haare und die Wärme des Körpers. Es war eine gute, lebende Kuh.

»Vielleicht ein wenig mager«, sagte Pavel zögernd, »sie werden draußen nicht so viel Futter haben.«

»Mager«, sagte Dov empört, »keine Spur ist sie mager. Ein Prachtstück ist sie.«

Die Kuh hatte den Kopf gesenkt. Sie kaute an unsichtbaren Halmen.

KAPITEL 16

16 »Dann können wir also beginnen«, sagte der Priester, und er bemühte sich, deutlich zu sprechen. »Sie sind doch der Bräutigam?«

»Ja«, sagte Pavel, »aber ich habe vorher noch etwas zu erledigen.«

Im Dämmerlicht sah er seine Freunde: Rebekka, Lersek, Wanda, Michel, Patye. Lolek hatten sie auf einen Stuhl gesetzt, er hielt einen Stock in der Hand. Irgendwer hatte für Patye ein Kleid aufgetrieben: ein weißes Kleid mit Blumen darauf. Das Kleid war zu groß, und die Ärmel verdeckten die Finger, sooft sie auch versuchte, sie hochzuziehen.

Pavel ging zur Tür und brüllte die Stiegen hinauf: »Dov! Du kannst jetzt kommen.«

Und dann polterte Dov mit der Kuh herunter. Im Dämmerlicht, das durch die Luke nur sparsam einfiel, sah sie noch imposanter aus. Es war ganz still. Sie standen und starrten auf das Tier.

»Mein Hochzeitsgeschenk«, sagte Pavel strahlend.

»Eine Kuh!«, schrie Patye. Gleichzeitig mit Michel stürzte sie los, und sie umschlangen den Kopf der Kuh und küssten sie und fuhren mit den Händen über ihr Fell; die anderen drängten dazu, und alle legten sie ihre Hände auf das Tier und konnten sich nicht satt sehen.

»Ohgottohgottohgott«, flüsterte der Priester, »eine Kuh.« Er war ein großer Mann mit derben, knochigen Händen.

»Gefällt sie dir?«, fragte Pavel. Irena nickte, und sie lächelte unter Tränen und weinte und lachte wieder, und sie versteckte ihren Kopf im Fell der Kuh, und das Weinen schüttelte sie.

»Was hat sie?«, fragte Pavel. »Versteht hier einer, was sie hat?«

»Solche Kühe haben wir gehabt in meiner Heimat«, sagte der Priester, »darf ich sie rühren an?«

»Rühren Sie«, sagte Pavel. Er sah Irena, wie sie zu Rebekka eilte, und wie die beiden weinten und dabei lächelten.

»Jan«, sagte er, »verdammt noch mal, was ist denn hier los?«

»Sieht aus, als wären sie glücklich«, sagte Lersek, »sieh dir nur die Kinder an. Was eine Kuh alles ausmachen kann. Wo hast du die bloß her?«

»Über die Mauer gehüpft«, sagte Pavel Kaufmann, »direkt vor meine Füße. Diese Kuh ist mein Vermögen. Sieht gut aus, was?«

Irena hatte sich wieder gefasst. »Pavel«, sagte sie leise.

»Ja?«

»Ich bin so glücklich«, sagte sie. »Wir haben keine Kirche, sondern nur einen Raum ohne Licht. Aber wir haben eine Kuh. Wir sind die neue Arche Noah, und wir fangen mit einer Kuh an.«

Er drückte ihren Arm, und ihre Augen strahlten ihn an.

»Fangen wir an«, sagte Pavel. Der Priester trat auf sie zu, aber er ließ kein Auge von der Kuh. »Ist eine große Moment für Sie beide«, sagte er, »aber meine Sprache ist schlecht. Ich kann nicht richtig sagen, was ich denke.«

»Reden Sie ruhig«, sagte Pavel, »wir verstehen Sie schon.«

»Ich habe lange keine Hochzeit mehr gehabt«, sagte der große Mann hilflos, und er betrachtete seine Hände, »seit ich bin hier. Ist kein guter Platz für Hochzeiten.«

Er hatte gute Augen.

»Wir sind hier Menschen«, sagte er, »und sind hier Kuh. Und Kuh ist wie das Leben. Hat in sich grünes Futter und Wiese und Stückchen Sonne und Wasser und gibt wieder Leben.«

Er sah Irena an, und sie senkte die Blicke.

»Das ist gut«, sagte er, »das ist sehr gut. Wie Zeit auch ist, wir müssen geben Leben, und wir müssen haben Mut zu leben. Solange ist Sonne und Wiese und Gras und Wasser, solange ist auch Leben.«

Seine Augen wurden feucht.

»Ich bin aus Dorf«, sagte er, »und waren dort viele Kühe und Wiesen und Bäume und Kühe. War gutes Dorf und waren gute Leute. Haben nicht gefragt: Bist du Jude? Und vielleicht, später, wir alle werden wieder haben solch ein gutes Dorf und werden nicht fragen: Bist du Jude? Werden nur fragen: Bist du guter Mensch? Bist du gute Frau, die hat getragen alles Leid und alles Sorgen mit ihre Mann?«

Er sah Irena an und dann Pavel Kaufmann.

»Und werden fragen: Bist du guter Mann, der hat versucht, zu nehmen das Sorge von seiner Frau, und hat versucht, zu haben gutes Kinder? Vielleicht, eines Tages, so wird wieder sein.«

Er wandte sich an Irena, und seine Stimme zitterte ein wenig. »Willst du sein gute Frau, auch in Typhus und Hunger und Kälte und Angst, für deine Mann?«

»Ja«, sagte Irena fest.

»Und du, willst du sein gute Mann, der geht zusammen mit seine Frau bis zuletzt, bis Himmel und bis Hölle?«

»Ja«, sagte Pavel.

»Dann ihr seid Mann und Frau«, sagte der Priester schlicht, »müssen nachher noch unterschreiben.« Er kniete nieder. »Gott soll sein in euch immer«, sagte er.

Er schlug ein Kreuz und ging hinaus.

KAPITEL 17

17 In dieser Nacht war der Kanal voll Leben. Man sah schon von weitem die Lichter durch die Dunkelheit, sie spiegelten sich im Wasser, sie flackerten, sie waren wie die Bordlichter von Schiffen.

»Es hat sich herumgesprochen, dass man unten noch durchkommt«, sagte Dov, »und hoffentlich hat es sich nicht schon bis zu den Deutschen herumgesprochen.« Dov hatte das Gerücht gehört: Irgendwo hatten die Deutschen angeblich Gas in den Kanal geleitet, und die Menschen unten waren erstickt. Aber er sprach nicht darüber.

Patye hatte an dem Kanal Gefallen gefunden. Sie fühlte sich sicher. Sie trug noch immer das weiße Kleid mit den Blumen. Es war seltsam, im Kanal Blumen zu sehen. Wenn man die Augen zusammenkniff, zu einem ganz schmalen Spalt, sah es aus, als wüchsen die Blumen im Kanal. Blumen, die aus dem Wasser wachsen.

In der Ferne hörte man unterdrückte Stimmen, und irgendetwas schlug dumpf gegen die Wand.

Patye lachte. »Es war schön heute, nicht?«, fragte sie unbekümmert. »Ich war das erste Mal bei einer Hochzeit.«

»Erstklassiges Essen«, sagte David anerkennend, »sogar die Kartoffeln waren frisch. Zu Hause haben sie Augen gemacht, als ich damit gekommen bin.«

»Du siehst deine Eltern selten, was?«, sagte Dov.

»Ja«, sagte David abweisend. »Aber ich halte Mutter über Wasser. Sie sagt, wenn sie mich nicht hätte, wären sie schon verhungert.«

»Man könnte Schiffe schwimmen lassen«, sagte Patye vergnügt. Sie blieb stehen und tauchte ihre Finger in das schmutzige Wasser. »Ein richtiger Fluss«, sagte sie.

»Wir müssen weiter«, sagte Dov.

»Man kann Schiffe aus Papier machen«, sagte Patye, »mein Vater konnte das. Er hat riesige Schiffe gemacht.«

»Kann ich auch«, sagte David.

»Aber nicht so große.«

»Vielleicht«, sagte David, »das müsste man versuchen.«

»Man könnte sie schwimmen lassen«, sagte Patye.

»Hm«, sagte David, »das ließe sich machen.«

»Warum machst du es nicht?«, fragte Patye. »Weil du es nicht kannst.«

»Weil es blödsinnig ist«, sagte David, »was, Dov?«

»Ich möchte wissen, ob die Deutschen schon dahinter gekommen sind.«

»Hinter was?«

»Das mit dem Kanal«, sagte Dov, »sie müssen es doch erfahren.«

»Immer noch besser als die Mauer«, sagte David, »die Mauer

war scheußlich. Kommt kein Mensch mehr hinüber. Nicht einmal ich.«

Sie gingen schnell. Wenn sie ein Licht sahen, drückten sie sich gegen die Mauer, und unwillkürlich hielten sie den Atem an. Die Lichter kamen und verschwanden. Jeder hatte vor dem anderen Angst und versuchte, in einen Nebenstollen zu flüchten und regungslos zu warten, bis die Gefahr vorbei war.

»Sie trauen sich nicht herunter«, sagte David, »dazu haben die Deutschen zu viel Angst. Die Menschen hier unten würden sich wehren.«

Sie ließen die Taschenlampe nur von Zeit zu Zeit aufblitzen. »Wenn das Wasser nicht so schmutzig wäre, könnte man sich wie in einem Spiegel sehen«, sagte Patye. »Aber es ist warm. Wie in einem Bad.«

»Bad«, sagte David, »haben Sie einmal eine Badewanne gehabt, Dov?«

»Nein«, sagte Dov, »du?«

»Nein. Aber einen hölzernen Eimer. Am Abend haben alle darin gebadet, der Größe nach.«

»Wenn man ein Schiff aus Papier macht«, sagte Patye, »wohin würde das schwimmen?«

»Es würde absaufen«, sagte David, »das Wasser ist zu schmutzig. Nach einiger Zeit geht es unter, das ist klar.«

»Und wenn es nicht untergeht?«

»Es geht unter.«

»Aber wenn es doch nicht untergeht?«

»Ich weiß nicht«, sagte David.

»Aber ich«, sagte Patye, »das Wasser fließt in einen großen Fluss. Und der Fluss fließt immer weiter. In einen größeren Fluss und in einen noch größeren. Und da sind überall Schiffe. Vielleicht noch größer als die, die mein Vater gebaut hat. Und dann kommt der Fluss zum Meer.«

»Ja«, sagte Dov nachdenklich, »einmal kommt er zum Meer.«

»Ich habe einmal ein Bild vom Meer gesehen«, sagte Patye, »waren Sie einmal dort?« Das Wasser unter ihnen rauschte ein wenig.

»Natürlich«, log Dov, »und es war wunderbar. Ganz große Bäume mit riesigen Blättern.«

»Und Affen?«

»Massenhaft Affen. Die schreien alle durcheinander, dass man kein Wort mehr versteht.«

»Wahrscheinlich haben sie Hunger«, sagte David.

»Keine Spur«, sagte Dov beleidigt, »warum sollten sie Hunger haben? Die werden gefüttert, dass sie ganz große, rote Bäuche haben.«

»Toll«, sagte David anerkennend.

»Außerdem haben sie Früchte und Blätter und Gott weiß was noch alles zum Fressen.«

»Rechts«, sagte David, »wir müssen nach rechts.«

»Und was noch?«, fragte Patye.

»Und dann noch das Meer«, sagte Dov, »grün und blau. Und überall Inseln mit Palmen. Und natürlich Schiffe. Alle ganz weiß, mit Segeln und Fahnen. Und immer scheint die Sonne.«

»Auch in der Nacht?«, fragte Patye.

»Nein. In der Nacht gibt es Sterne. Dieselben wie hier. Aber ganz anders.«

»Gibt es auch Juden dort?«, fragte Patye.

»Vielleicht. Bestimmt sogar.«

»Und wo sperrt man die ein?«

»Die sperrt man gar nicht ein. Kein Mensch hat Zeit für so etwas. Man hat genug zu tun mit den Schiffen und den Palmen und den Affen.«

Der Schlamm wurde tiefer. Patye zog das Kleid hoch.

»Wir könnten uns ein Schiff bauen«, sagte sie, »und zum Meer fahren.«

»Vorsicht«, sagte Dov. Sie drückten sich gegen die Wand, und sie hörten die Stimmen näher kommen.

»Das sind Polen«, sagte David. Sie sahen das Licht, aber es war nur schwach. Es kroch wie ein müdes Tier über das Wasser. Die Gruppe blieb häufig stehen. Die Leute gingen dicht neben der Wand. Dov ließ sie nahe herankommen.

»Wer ist da?«, fragte er scharf. Die Leute zuckten zusammen, und gleich darauf verlosch das Licht. Man konnte das erregte Atmen hören.

»Wir sind aus dem Getto«, sagte Dov. »Und ihr?«

Die Lampe flammte wieder auf.

»Getto«, sagte der Mann. Sie kamen misstrauisch näher. Ihre Gesichter waren müde. Es waren drei Männer und eine Frau. »Wisst ihr den Weg?«, fragte der Mann. »Wir haben uns verlaufen.«

»Links halten«, sagte Dov. »Ist irgendetwas nicht in Ordnung?«

Der Mann sah ihn müde an. »Wir wollten zum Fluss«, sagte er, »aber sie haben Gitter vor den Abfluss gelegt. Nichts zu machen, Freunde. Wir gehen zurück.«

»Wie ist es vorn?«, fragte Dov.

»Weiß nicht«, sagte der Mann, »scheint, die Deutschen sind

schon hier unten. Wir haben die Frau aufgefischt. Sie hat etwas abgekriegt. Aber sie redet ja nichts. Sie sagt, sie sucht ihr Kind.«

Die Frau blickte sie aus stumpfen Augen an.

»Nehmen Sie das Kind nicht mit«, sagte sie, »nehmen Sie um Gottes willen das Kind nicht mit.«

»Was hat sie?«, fragte Patye. Dov zog sie grob beiseite.

»Komm schon«, sagte er. Die Gruppe ging müde weiter.

»Vielleicht sollten wir umkehren«, sagte David. Dov blickte ihn unschlüssig an. Patye grub mit der Spitze ihres linken Schuhs Löcher in den Schlamm.

»Wenn es regnet, ist hier viel mehr Wasser«, sagte sie, »das letzte Mal ist mir das nicht so aufgefallen.« Der Wasserlauf war stark angeschwollen, die Betonstreifen links und rechts waren mit Schlamm überzogen.

»Wir gehen weiter«, sagte Dov entschlossen, »wenn wir heute nicht gehen, dann morgen und übermorgen. Es wird jeden Tag gefährlicher.«

Er gab Patye die Hand, und er wunderte sich stets von neuem, wie klein diese Hand war und wie warm und wie ruhig sie in der seinen lag.

»Wenn ich groß bin, möchte ich auch heiraten«, sagte Patye. »Würden Sie mich heiraten, Dov?«

»Sofort.«

»Und du, David?«

»Vielleicht«, sagte er, »das kann man heute noch nicht sagen. Vorläufig bist du ein kleiner Frosch. Alles, was du von der Hochzeit gesehen hast, war die Kuh.«

Patyes Augen begannen zu glänzen. »Gibt es dort auch Kühe?«, fragte sie.

»Wo, dort?«

»Am Meer.«

»Natürlich. Ganze Herden. Man kann sie gleich auf der Weide melken.«

»Wenn ich heirate, möchte ich auch eine Kuh.«

»Kannst du haben«, sagte Dov großartig.

»Bringt ihr die wieder über die Mauer, Sie und Pavel?«

»Natürlich. Nur muss uns bis dahin ein neuer Trick einfallen. Aber der letzte Trick war gut.«

»Schläft sie jetzt?«, fragte Patye.

»Ich weiß es nicht.«

»Es gefällt ihr bei uns«, sagte Patye, »ich darf sie auch füttern. Pavel hat mir versprochen, dass ich zusehen darf, und wenn ich es heraushabe, darf ich sie selber füttern.«

Die Taschenlampe tastete über die Mauer.

»Hoffentlich sind wir nicht schon vorbei«, sagte Dov.

»Nein«, sagte David, »ich habe genau aufgepasst.«

»Sieht alles so verdammt gleich aus«, sagte Dov.

Und dann sahen sie einen Mann. Der Strahl der Taschenlampe glitt über ihn hinweg und heftete sich sofort wieder an der Mauer fest. Der Mann lag halb im Wasser, das Gesicht nach unten.

»Verdammt«, sagte David.

»Ist er tot?«, fragte Patye. David antwortete nicht.

»Ist er tot?«, fragte Patye.

»Vielleicht«, sagte Dov unruhig, »das geht uns nichts an. Ich möchte wissen, woran er gestorben ist.«

»Vielleicht verhungert«, sagte David.

Dov sah ihn zweifelnd an. »Vielleicht gehen wir doch zurück«, sagte er. »Es sind heute zu viele Leute unterwegs. Es ist nicht sicher. Wer weiß, was da vorne noch los ist.«

Er leuchtete in den schmalen Stollen, aber er sah nur das Wasser und jene Stelle, in der die Dunkelheit das Licht auffraß.

»So stelle ich mir die Hölle vor«, sagte Dov, »ein Stollen, der nie aufhört, und rechts und links Ziegelmauern und Beton und Wasser an den Wänden.«

»Vorne ist eine Schrift«, sagte David.

Sie gingen vorsichtig weiter, bis sie die Schrift deutlich lesen konnten. Es war ein fremder Straßenname.

»Der war das letzte Mal noch nicht da«, sagte Dov.

»Doch«, sagte David. »Und wenn er nicht da war, dann schwöre ich jedenfalls, dass wir auf dem richtigen Weg sind. Ich bin früher immer in den Keller um Kohlen gegangen. Ohne Licht. Ich habe mich immer zurechtgefunden.«

»Das ist etwas anderes«, sagte Dov leise. Er spürte, wie die Angst von allen Seiten durch den Stollen kroch. Wenn man die Taschenlampe hob, konnte man etwas sehen, was wie Rauch über dem Wasser lag oder wie durchsichtige Tücher, die jemand langsam hin und her zog.

»Der Mann müsste auch schon da sein. Letztes Mal war er da«, sagte Dov.

»Vielleicht war es der da vorn«, sagte Patye, »der im Wasser lag.«

Ein leiser Luftzug zog durch den Stollen, und er wirbelte die durchsichtigen Schleier hoch und warf sie direkt in den Strahl der Taschenlampe.

»Hören Sie«, sagte David ängstlich.

Ein feiner Ton lag in der Luft, so, als ob jemand ganz leise singe oder weine. Es war ein merkwürdiges Lied, das auf und ab ging und dann wieder aufhörte.

»Da schreit jemand«, sagte Dov.

»Er singt«, flüsterte David. Sie rührten sich nicht, und ihre Herzen klopften, und sie warteten, bis das Geräusch wiederkam.

»Der Schutzengel«, sagte Patye leise, »das kann doch nur der Schutzengel sein.«

»Dein Schutzengel«, sagte Dov leise, um etwas zu sagen.

»Warum meiner? Es kann doch auch Ihrer sein.«

»Ich habe keinen Schutzengel«, sagte Dov.

»Oder der von David.«

»Ich habe auch keinen«, sagte David unsicher.

»Was singt er denn?«, fragte Patye.

»Ich weiß nicht«, sagte Dov atemlos. »Irgendetwas. Ich verstehe nichts von Schutzengeln.«

»Vielleicht vom Meer«, sagte Patye.

»Frosch«, sagte David.

»Es wird das Wasser sein«, sagte Dov, »in der Nacht macht es alle möglichen Geräusche. Wir versuchen es noch bis zur nächsten Anschrift.«

»Gut«, sagte David, »aber gehen wir schneller. Ich wäre schon gerne dort. Vielleicht kann sich Patye heute mehr beeilen, dass wir nicht so lange hier unten sitzen.«

Sie atmeten auf, als die Taschenlampe die Schrift traf.

»Na also«, sagte Dov.

»Ich habe es ja gewusst«, sagte David. Auch das Geräusch hatte aufgehört.

»Du mit deinem Schutzengel«, sagte Dov.

Durch den Schacht fiel grau das Licht.

»Wir sind spät dran«, sagte David, »wir hätten nicht so lange bei der Hochzeit bleiben sollen. Der Frosch hat wieder zu viel gegessen.«

»Du hast es nötig«, sagte Patye, »ich wette, du kommst nicht einmal mehr die Leiter hoch, so vollgegessen bist du. Du hast die ganze Zeit nur gegessen.«

»Pah«, sagte David, »mit einer Hand komme ich hoch. So schnell kannst du gar nicht sehen, wie ich oben bin.«

Er schwang sich auf die unterste Sprosse. »Ich werde schauen, wie es oben aussieht«, sagte er. Dov ließ Patye in die Mitte. Im Licht der Taschenlampe sah er, dass sie müde war. Aber sie lächelte ihn an.

»Pass auf, dass dich draußen niemand sieht«, flüsterte Dov.

»Und wenn ihr den Sack hinunterschmeißt, dann nicht gerade auf meinen Kopf«, keuchte David. Er erreichte das Gitter als Erster. »Mit einer Hand«, sagte er stolz, »das musst du mir erst einmal nachmachen.«

Er stemmte sich vorsichtig gegen das eiserne Gitter. Im selben Augenblick flammte draußen ein Scheinwerfer so heftig auf, dass David mit einem Schrei die Hand vor die Augen riss.

»Hinunter!«, schrie David, und es gellte von den Wänden des Stollens wider. Er hängte sich an das Gitter, das von außen hochgehoben wurde. Eine Sekunde lang konnte er es mit seinem Gewicht halten, dann wurde es ihm aus der Hand gerissen, und das Licht flutete in den Schacht, und gleichzeitig bellte eine Maschinenpistole los.

Die Garbe riss ihnen die Hände von den Eisensprossen. Es war, als habe jemand eine brennende Fackel mitten unter sie hineingestoßen. Dov sah wie in Zeitlupe David nach hinten fallen, die

Hände ausgestreckt, er schlug mit dem Kopf gegen die Wand und fiel dann nach unten. Patye hatte sich mit dem Kleid an der Sprosse verhängt, sie blieb eine Sekunde lang hängen, die Arme vor das Gesicht gerissen, dann löste sie sich, und noch immer tackte die Maschinenpistole, und Dov sah einen Soldaten, der breitbeinig dastand, mit unbewegtem Gesicht, eine Spur Neugierde darin, ein wenig vorgeneigt, und die Waffe in seiner Hand spuckte das Feuer. Dov wollte schreien, aber das Feuer bohrte sich in seinen Körper.

Er schlug unten schwer auf.

Im Schacht prasselten die Kugeln gegen die Mauer, schwirrten verloren umher und schwiegen dann verlegen still.

Dov sah David, zusammengekrümmt, einen Arm seltsam verdreht, neben ihm die Taschenlampe mit dem Glas nach unten, die einen winzigen Kegel in den Schlamm zeichnete, und er hörte das leise Wimmern Patyes.

Er zog ganz langsam die Knie an, und der Schmerz raste durch seinen Körper.

»Patye«, flüsterte er, »Patye.« Er kroch zu ihr hinüber, und er sah die Blumen auf ihrem Kleid, rote Blumen, die breite Flecken bildeten und wuchsen und immer größer wurden. Er erhob sich taumelnd und hielt sich an der Mauer aufrecht.

Er bekam ihre Hand zu fassen, sie war warm und blutig, und er hörte sie wimmern.

»Es ist schon gut, Patye«, sagte er, »sie haben uns nicht erwischt.«

Sie wurde ruhig.

»Patye«, sagte er entsetzt. Sie drückte ganz leicht seine Hand. Er versuchte, sie hochzuheben, und es gelang ihm, und er stand ein wenig taumelnd, und das Wasser verschwamm vor seinen Augen und wurde riesig groß.

»Ich werde dich tragen«, flüsterte er.

»Ja«, sagte sie leise.

»Tut es sehr weh?«

»Nein.«

Er machte einen Schritt vorwärts, und wieder schwankte er.

»Was ist mit David?«, fragte sie.

»Wir holen ihn später.«

»Er ist tot«, sagte sie, »ich weiß, er ist tot. Aber er war so tapfer.«

»Sehr tapfer«, sagte er, »das macht ihm niemand nach«, und dabei ging er schwankend vorwärts und stieß mit der Schulter gegen die Mauer.

»Er wird in den Himmel kommen«, sagte Patye, »vorhin, da hat schon sein Schutzengel gesungen, und es ist bestimmt ein guter Schutzengel.«

»Ja, ja«, sagte er.

»Erzähl mir was«, sagte sie. »Die Zeit vergeht dann schneller.«

»Was soll ich erzählen?«, keuchte er. Er spürte das Blut im Mund.

»Vom Meer«, sagte sie, »und von den Schiffen. Und von den Affen.«

»Gut«, sagte er.

Sie kamen kaum vorwärts.

»Du erzählst gar nichts«, flüsterte sie.

»Doch. Wir werden uns ein Schiff bauen, aus Papier oder aus Holz. Und wir werden damit fahren.«

»Jetzt gleich?«

»Bald. Ein wunderschönes Schiff. Und wir werden zum Fluss fahren. Das Wasser ist ganz klar dort. Nicht wie hier. Nicht schmutzig. Ganz klar. Man kann Fische sehen und Pflanzen im Wasser. Und am Ufer des Flusses sind Häuser und Kirchen, man hört die Glocken läuten, und man sieht nur die Kirchturmspitzen. Und wir fahren immer weiter, immer den Fluss hinunter, immer weiter. Aber du hörst nicht zu.«

»Doch«, sagte sie glücklich. »Ich höre jedes Wort.«

»Und dann kommen wir zum Meer. Ein wunderbares Meer mit einer Sonne, so groß wie tausend Öfen. Und alles grün. Und dann sehen wir hinaus auf das Wasser, von unserem Schiff aus, und da ist nur grünes Wasser. Nur Wasser und die Sonne darüber.«

»Und die Affen«, flüsterte sie.

»Und die Affen«, sagte er, »magst du Affen?«

»Ich habe ein Bilderbuch«, sagte sie, »mit vielen Affen. Ich möchte nach Hause. Ich möchte das Bilderbuch sehen. Schaust du es mit mir an?«

»Ja«, keuchte er.

Er stützte sich schwer gegen die Mauer.

»Weißt du, wie die Affen aussehen?«

»Ganz voll gefressen«, sagte er, »mit Bäuchen. Mit Bäuchen wie Trommeln. Wenn man ihnen auf den Bauch schlägt, gibt es einen Ton: Bumm, bumm. Ich bin satt gefressen, heißt das, ich bin satt gefressen.«

»Weißt du, wie Affen lachen?«, fragte sie. Er hörte sie kaum. Sie war weit weg.

»Natürlich.«

»Und wie lachen sie?«

Er versuchte es, aber es wurde nur ein armseliges Keuchen.

»Lachen Schutzengel auch?«, fragte sie.

»Ja«, sagte er.

»Ich höre den Schutzengel lachen«, flüsterte sie. »Aber erzähle weiter vom Meer.«

Er glitt langsam zu Boden. »Das Meer«, keuchte er, »das Meer ist grün. Hörst du mich, Frosch?«

Sie antwortete nicht mehr. Und er wusste, dass sie tot war. Er spürte ihre warme, ängstliche Hand.

»Frosch«, sagte er, »Frosch, Frosch, Frosch.«

Er sah riesige Wellen auf sich zukommen, und sie schlugen über ihm zusammen, und es war kein Stollen mehr da und kein Kanal, nur noch ein Schiff und das Meer.

KAPITEL 18

18 Ein zwölfjähriger Junge, den Loleks Leute gegen Morgen in den Kanal geschickt hatten, überbrachte die Todesnachricht. Er hatte Patye, Dov und David wenige Schritte voneinander gefunden. Die Kugeln hatten ihre Körper durchlöchert. Sie mussten sofort tot gewesen sein.

Lolek verschwand wenig später. Auf einen Stock gestützt humpelte er davon. Er ging nicht in den Keller zurück. Im Haus dahinter quartierte er sich im ersten Stock ein. Man konnte die Straße von dort übersehen. Seine Leute aus dem Keller brachten ihm Lebensmittel, aber er sprach nicht mit ihnen. Er schaute über sie hinweg, und sein Gesicht war starr dabei. Die ganze Zeit über schien er in sich hineinzuhorchen. »Der Nächste, der sich nach oben zurückzieht«, sagte Pavel, »zuerst Abrasha Blau und Henryk, jetzt Lolek. Sieht aus, als wäre das Elend von oben aus erträglicher.«

»Zumindest sieht es kleiner aus«, sagte Dr. Lersek.

»Und was willst du tun?«

»Nichts. Was soll ich tun?«

»Du könntest ihn zurückholen.«

»Es fehlt ihm nichts«, sagte Lersek, »sein Fuß wird eines Tages wieder in Ordnung sein. Er ist nicht verrückt. Er muss damit fertig werden, das ist alles. Er hat die Bande zusammengehalten. Lauter Kinder, die sonst verhungert wären. Bei ihm sind sie am Leben geblieben. Und jetzt sieht er, wie einer nach dem anderen kaputtgeht.«

»Soll ich mit ihm reden?«, fragte Pavel.

»Wozu? Glaubst du, dass es etwas ändert? Er müsste weinen. Aber das kann er nicht. Er kann schießen, stehlen, Handgranaten werfen, ein Maschinengewehr bedienen. Das hat er, Gott sei Dank, alles rechtzeitig gelernt. Nur weinen kann er nicht.«

»Trinkst du etwas?«

»Danke«, sagte Lersek. Er nahm die Flasche und versuchte einen winzigen Schluck. »Komisch, dass es noch Flaschen gibt«, sagte er, »die sollten doch am ehesten zerbrechen.« Er sah Pavel Kaufmann gleichgültig an. »Übrigens werde ich das Spital aufgeben.«

»Das ist doch nicht dein Ernst?«

»Doch. Vollkommen. Ich habe es satt, Leuten das Leben zu verlängern, die nachher doch draufgehen. Auf die paar Wochen kommt es nicht an.«

»Richtig«, sagte Pavel, »also liefern wir uns alle gleich freiwillig aus. Oder?«

»Vielleicht«, sagte Lersek, »mir ist es gleich. Mir ist alles gleich. Aber ich habe es satt, diese Kinder sterben zu sehen. Das ist kein Vergnügen, verdammt noch mal.«

»Richtig«, sagte Pavel, »genauso wenig, wie mit dem Leichenkarren durch die Stadt zu kutschieren. Prost.«

Lersek lächelte. Einen Augenblick legte er Pavel die Hand auf die Schulter. »Pavel«, sagte er.

»Hm?«

»Sind wir nicht Narren? Sind wir nicht die verrücktesten aller Narren?«

»Warum?«

»Das weißt du ganz genau.«

»Keine Ahnung.«

Lersek lächelte. »Weil wir bis zuletzt nicht aufgeben. Weil wir einen Tritt nach dem anderen in den Magen bekommen, dass uns so übel ist, dass wir uns am liebsten ständig übergäben, und doch tun wir immer weiter und hoffen und flicken die Leute zusammen und geben Umschläge gegen den Typhus und glauben an etwas. Wir sind wie die Ratten: Wir klammern uns an die Planken eines untergehenden Schiffes.«

Pavel sah ihn ernst an. »Jan?«, sagte er. »Glaubst du eigentlich noch daran, dass alles wieder in Ordnung kommen kann? Nicht mit uns, aber überhaupt. Glaubst du, dass es wieder eine friedliche Welt geben kann? Als ob nichts geschehen wäre? Als ob Kinder wie Patye niemals in einem stinkenden Kanal verreckt wären?«

»Unsinn«, sagte Lersek, »natürlich wird es weitergehen. Ohne uns. Die Menschen werden einander weiter umbringen. Und von Kindern wie Patye wird man nichts wissen wollen. Man wird sagen, es hat sie niemals gegeben. Alles erfunden, Greuelpropaganda.«

Pavels Gesicht verzerrte sich. »Nein«, sagte er, »das nicht. Alles, aber das nicht.«

»Warum nicht?«, fragte Lersek ungerührt.

»Weil es die einzige Hoffnung ist, die uns noch bleibt«, sagte Pavel, »wir sterben, gut. Elend, Typhus oder Hunger oder Maschinengewehr, gut. Alles ganz ohne Sinn. Dass wir Juden sind, ist nicht unsere Schuld, das wissen die anderen genauso, und es ist kein Funken Sinn dabei. Aber einen Trost haben wir. Den Trost jedes Opfers: Eines Tages werden unsere Mörder auf die Anklagebank kommen. Wegen uns. Weil sie uns umgebracht haben.«

»Keine Spur«, sagte Lersek, »Orden werden sie dafür bekommen. Einen Orden für den, der die kleine Patye erschossen hat. Ungeheuer mutiger Mann, der heldenmütig ein kleines Mädchen mit der Maschinenpistole erschossen hat.«

»Schön«, sagte Pavel, »du hast Recht. Natürlich hast du Recht. Sie werden uns nicht einmal diese Genugtuung lassen. Wir sterben umsonst. Ausradiert. Weggewischt. Ohne Grabstein, ohne Sinn.«

»Wo ist Irena?«, fragte Lersek.

»Unten. Warum?«

»Es war eine nette Hochzeit. Nur hast du ihr alle möglichen Dinge vorgemacht, die es gar nicht gibt.«

»Was zum Beispiel?«

Lersek lachte bitter. »Die Ehe ist etwas Gutes, nicht? Schade, dass es nicht mehr Gutes gibt.«

Vom Fenster aus konnte man die Stadt ahnen.

»Weißt du, Jan, dass Dov Gedichte gemacht hat? Ich habe sie bei seinen Sachen gefunden.«

»So?«

»Er kannte ein Mädchen. Er hat ihr all die Dinge geschrieben, die es gar nicht mehr gibt. Komisch, was?«

»Ja.«

»Und er hat Geschichten für Patye aufgeschrieben. ›Geschichten für den Frosch‹ steht darüber. Er hat sich tolle Sachen ausgedacht. Alles erlogen. Aber er hat es gewusst, und trotzdem hat er es aufgeschrieben. Und es sieht aus, als habe er an all diese Dinge geglaubt.«

»Er war ein Narr«, sagte Lersek, »ein netter, anständiger Narr. Aber ein Narr. Das hat ihn am Leben erhalten.«

»Ich kann mir nicht vorstellen, dass ich ein Bild male«, sagte Pavel, »ich würde die ganze Farbe auf die Leinwand werfen, bis sie ganz dick beklebt ist. So viel Farbe, wie es überhaupt nur gibt.«

Menschen rannten die Straße hinunter. Sie hatten eine eigene Art zu laufen, an der man die Größe der Gefahr erkannte. Diesmal sah man, dass die Soldaten nicht direkt hinter ihnen her waren.

»Soldaten!«, schrien sie.

»Wie lange gibst du uns noch?«, fragte Pavel.

»Du hast noch drei Wochen«, sagte Lersek hart, »oder vier. Ihr seid zu zweit. Wenn es den einen erwischt, geht der andere mit. Das verkürzt eure Zeit. Aber es geht zweifellos dem Ende zu.«

»Zeit zu trinken«, sagte Pavel.

Immer mehr Menschen kamen die Straße herunter. Die Angst stand in ihren Gesichtern. Eine Frau zog ein Bündel hinter sich her: einen Haufen Wäsche, in ein schmutziges Leintuch geschlagen.

»Such Irena«, sagte Lersek hart, »sieht aus, als hätte ich mich verschätzt. Vielleicht ist es schon so weit.«

19 Das Spital blieb auch in den nächsten Tagen verschont. Aber die Deutschen wurden gründlicher: Kein Tag verging ohne große Aktionen. Die Menschen im Getto wühlten sich in die Erde. Sie bauten immer tiefere, immer finstere Verstecke. Sie wurden zu Maulwürfen, die zitternd unter der Erde saßen und auf den Tod warteten.

Bei einem der Tore musste ein junger Soldat namens Erich Schremmer von seinen deutschen Kameraden niedergeschlagen werden, weil er plötzlich zu schreien begann und in das Getto wollte. Ein paar Kinder hatten versucht, das Tor zu stürmen.

Es war ein sinnloses Beginnen, die Soldaten schossen sofort. Die Kinder rannten nicht davon. Sie wichen ganz langsam zurück, und sie versuchten, die Verwundeten und Toten mit sich zu ziehen. Als Erich Schremmer zu schreien begann, blieben sie stehen und blickten gleichgültig hinüber. Sie sahen, wie ihn zwei Deutsche festhielten und wie er um sich schlug und dann zusammensackte. Ein Militärauto brachte ihn fort.

KAPITEL 20

20 Als Lolek die Deutschen sah, war es schon zu spät. Sie kamen mit einem Lastwagen und hatten saubere Uniformen. Es waren ältere Männer, und sie hatten solche Aktionen schon dutzende Male mitgemacht. Jeder wusste, was er zu tun hatte, und er tat es leidenschaftslos, ohne überflüssige Bewegung, ohne auf seine Umgebung zu achten. Sie waren wie Automaten, und sie hatten die Zigaretten zwischen den Lippen, und sie sprangen blitzschnell vom Wagen und rannten auf den Keller zu.

Lolek sah sie von oben, vom Fenster aus, aber keiner blickte zu ihm hinauf. Er wusste, dass er keine Chance hatte, wenn sie ihn entdeckten, sein Bein war noch immer in Gips, und es gab keinen Fluchtweg von hier oben. Ein schmächtiger Junge schlug Alarm, er schrie, und er rannte im Zickzack über den Hof, er schlug Haken und wurde dabei gegen die Mauer gedrängt. Ein paar Soldaten hatten bereits die Kellertür erreicht. Der Junge blieb hilflos stehen und sah sich um, und eine Sekunde blickte er hinauf zu Lolek.

Lolek lächelte ihm verzerrt zu. Der Junge wandte sich plötzlich und rannte auf die Soldaten los. Er entwischte dem Ersten, der nach ihm fasste und nur seine Kleider streifte, und er rannte dem Zweiten gegen die Beine. Doch das Netz war zu dicht. Als er sich erneut wandte und zurück wollte, hatte ihn ein älterer Soldat beim Arm gepackt. Der Junge war wie verrückt, er warf sich mit aller Macht gegen die Beine des Soldaten, und er krümmte sich unter seinem Griff und trat mit den Füßen gegen die Schienbeine des Soldaten.

»Na, na, na«, sagte der Deutsche ruhig.

»Da rauf«, sagte ein Soldat auf polnisch. Er deutete auf den Lastwagen und richtete das Gewehr auf den Jungen. Es war ein magerer Bursche mit blondem Haar und einem grauen Rock, der ihm bis zu den Knien reichte.

Der Junge neigte den Kopf. Ein Soldat half ihm auf den Wagen.

Lolek hatte den Blick gesenkt. Der Raum hinter ihm war fast leer. Zwei Stühle standen dort und der rostige Einsatz eines Bettes. Und ein Koffer aus Pappe, den der Regen zerweicht und der seine Fasson verloren hatte. Bunte Bilder klebten darauf: Wien, Zürich, Palast-Hotel Bern.

Einen nach dem anderen brachte man heraus: Offenbar hatten sie den Fluchtweg nicht erreicht. Sie hatten sich wie wilde Katzen verteidigt, aber sie waren zusammengedrängt und geschlagen worden. Ein Mädchen blutete heftig aus einer Kopfwunde. Irgendwie hatten sie es fertig gebracht, ihre Talismane mit zu retten: Puppen, eine Zündholzschachtel mit einem toten Käfer, einen ausgeschlagenen Zahn, an dem noch der Bindfaden hing, einen schmutzigen Stoffbären. Lolek kannte sie alle, und er wusste, dass sie diese Dinge immer mit sich tragen würden, wohin man sie auch schickte.

Sie standen im Hof, und die Gewehre der Soldaten waren auf sie gerichtet. Unwillkürlich hatten sie eine Reihe gebildet: Eines stand hinter dem anderen, und sie wussten, was jetzt kommen würde, weil sie es oft genug bei anderen gesehen hatten. Und sie wussten, dass es sinnlos war, noch einen Fluchtversuch zu wagen, weil die Soldaten ohne Erbarmen schießen würden, weil sie den Befehl hatten zu schießen.

Lolek sah Michel Bronsky. Er war ruhig. Er blickte sich furchtlos um, und einmal sah er hinauf zu Lolek.

Die Soldaten polterten noch im Keller. Sie schossen in die Fluchtröhren, und sie zertrampelten die Lebensmittel. Lolek dachte einen Augenblick daran, eine Handgranate in den Hof zu werfen. Er hatte zwei davon, und sie lagen kühl und abwartend neben ihm. Er hatte oft genug gesehen, wie man sie abzog, und er empfand keine Angst dabei. Aber er gab den Gedanken wieder auf, weil er wusste, dass er auch die eigenen Kameraden treffen würde.

Während ein paar Wachsoldaten im Hof zurückblieben, ging die Aktion in den Nachbarhäusern weiter. Neue Lastwagen kamen, und man hörte ihr tiefes Rollen auch in den angrenzenden Straßen. Die Soldaten hatten ihre Gewehre gegen die Bäuche der Kinder gerichtet, und die Kinder standen stumm und starrten sie an.

Ein Mädchen weinte, aber es senkte den Kopf nicht, die Tränen rannen über die Wangen, und der Körper zuckte, und die ganze Zeit starrte es den Soldaten ins Gesicht und drückte ein graues Stoffbündel an sich.

Ohnmächtige Wut brach über Lolek herein. Sie packte ihn so heftig, dass er sich an seinem Stuhl festkrallen musste.

»Jetzt ist es soweit«, flüsterte er, und er dachte darüber nach, ob das alles Ernst sei, oder ob er sich selbst eine Szene vorspiele, und er wusste es nicht. Er hatte oft genug an dieses Ende gedacht, und jedes Mal war es so ausgegangen, dass er mitten zwischen seinen Leuten gestanden hatte. Und nun saß er einen Stock höher und konnte das Ende seiner Bande als Zuschauer betrachten.

Im Nebenhaus warfen die Soldaten Möbel aus den Fenstern; sie beugten sich weit vor, um sie unten aufschlagen zu sehen. Dann nahmen sie ein Bild als Zielscheibe, eine Landschaft, die mit der Farbe nach oben auf der Straße lag. Sie warfen Stühle danach, und sie sahen interessiert, wie das Holz links und rechts splitterte. Ein Blecheimer traf das Bild, stülpte sich darüber, fetzte ein Stück Leinwand heraus und kollerte weiter. Die Soldaten lachten, und unten schrie eine Frau nach ihrem Mann, und man stieß einen alten Mann so heftig aus der Tür, dass er mit dem Kopf schwer auf dem Gehsteigrand aufschlug. Die Soldaten hatten einen Vogelkäfig entdeckt, der vor langer Zeit vielleicht einmal einen Vogel beherbergt hatte. Sie hängten ihn im obersten Stockwerk aus dem Fenster und schossen nach ihm, bis er hinunterfiel.

»Diese Hunde«, flüsterte Lolek, aber er fühlte, dass es nicht der Hass war, der ihn beherrschte. Irgendetwas anderes war in ihm, was ihn zwang, beim Fenster zu bleiben und das alles mit anzusehen. Der Koffer mit den bunten Etiketten lag neben ihm. Er erhob sich so weit, dass er ihn mit dem gesunden Bein erreichen konnte und gab ihm einen Tritt. Aber der Koffer bewegte sich kaum von der Stelle.

»Was willst du«, fragte Lolek, »ha? Was willst du? Willst du mir vormachen, dass ich dich nehmen kann und aufbewahren, und eines Tages werde ich mit dir nach Wien fahren oder nach Bern oder Zürich? Guten Tag, ich bin Lolek, ich möchte ein Zimmer?«

Sein Mund war trocken. Er versuchte zu lachen.

»Weißt du, was sie dann sagen werden? Sie werden sagen: Bist du nicht Lolek, der zugesehen hat, wie man deinen ganzen Keller weggeführt hat? Der mit einem Gipsbein dagesessen hat und nicht im Stande war, nur einem von ihnen zu helfen?«

Ein paar Soldaten kamen auf den Hof zu. Hauptmann Klein war unter ihnen. Er war gut gelaunt. Die Aktion hatte geklappt.

»Langsam lernt ihr es, wie man die Ratten aus den Kellern bekommt«, sagte er lachend. »Ihr könnt sie jetzt auf den Wagen laden.«

Die ersten Kinder stiegen auf den Lastwagen.

Lolek begann zu zittern. Etwas drückte ihm die Kehle zu. Es war wie damals, als sie seinen Vater erschossen hatten.

»Nein«, flüsterte er, »das könnt ihr nicht tun. Ihr müsst mich mitnehmen. Ihr könnt mich nicht hier lassen.«

Er hatte keine Angst mehr. Und kein Funken Hass war noch in ihm. Nur die Furcht, hier allein bleiben zu müssen. »Sie müssen mich mitnehmen«, flüsterte er, »sie können mich nicht einfach hier lassen. Ich gehöre doch zu ihnen.«

Und er wusste, dass er zu ihnen gehörte. Dass er in die Reihe gehörte und auf den Lastwagen.

Er sah Michel, wie er gleichgültig über das Rad in den Wagen kletterte.

»Michel«, keuchte er, »Michel, du kannst mich doch nicht

hier lassen.« Er versuchte zu schreien, aber es wurde nur ein heiseres Krächzen. Die Soldaten trieben die letzten Kinder auf den Wagen, und zwei Soldaten mit Gewehren nahmen auf der Plattform Platz.

Da begann Lolek zu schreien. Er beugte sich weit aus dem Fenster und sah den Wagen anfahren.

»Michel«, schrie er, »wartet auf mich! Michel!«

Die Kinder hatten ihn entdeckt. Sie hoben die Arme und winkten ihm zu.

»Schweinerei«, sagte Klein. Er war mit der letzten Gruppe zurückgeblieben. »Haben Sie den Kerl da oben nicht bemerkt?«

Die Soldaten richteten die Gewehre gegen das Fenster und kamen näher. »Komm herunter«, brüllten sie, »komm sofort herunter!«

Lolek rührte sich nicht. Er wusste nur, dass der Wagen ohne ihn gefahren war und dass sie ihn nicht mitgenommen hatten. »Sie haben mich vergessen«, flüsterte er, und das Würgen in seinem Hals war so stark, dass er meinte, keine Luft mehr zu bekommen.

»Runter«, brüllten die Soldaten, »du sollst herunterkommen!«

»Es sind sicher noch mehr drinnen«, sagte der Hauptmann, »diese Ratten sind doch niemals allein. Gehen Sie hinauf.«

Lolek sah die Handgranaten neben sich. Es waren gute, ruhige Werkzeuge. Besser als irgendetwas anderes.

»Wenn ihr nicht wärt, ginge ich jetzt noch zur Schule«, flüsterte Lolek. »Wenn ihr nicht wärt, wäre mein Vater nicht erschossen worden. Und wenn ihr nicht wärt, hätten sie die anderen nicht fortgebracht.«

Er nahm die Handgranate, die näher bei ihm lag, und er beeilte sich nicht.

Die Gesichter der Soldaten waren dicht unter ihm, Hauptmann Klein ein paar Schritte zurück.

»Kommt mir nicht zu nahe«, sagte Lolek langsam. Sie verstanden ihn gut da unten. Es war, als stehe er auf einer Bühne und sie seien sein Publikum.

»Was sagt er?«, brüllte Hauptmann Klein.

»Wir sollen ihm nicht zu nahe kommen«, sagte ein älterer Soldat.

»Holt ihn heraus!«, brüllte Klein.

»Versucht es nur«, sagte Lolek.

»Mach keine Dummheiten, Junge«, sagte der ältere Soldat.

»Hören Sie auf damit«, sagte Lolek, »gehen Sie weg, wenn es Ihnen passt. Ich werfe eine Handgranate hinunter.«

Der Soldat wich einen Schritt zurück. Er hatte keine Lust zu sterben.

»Was sagt er?«, fragte Klein wütend.

»Er hat Handgranaten.«

Klein wurde blass. Er überlegte, wie er es anstellen sollte, aus der Gefahrenzone zu kommen, ohne vor seinen Soldaten das Gesicht zu verlieren.

»Schießen Sie ihn herunter«, flüsterte er.

Lolek beobachtete sie aufmerksam.

Er sah, wie einer der Soldaten den Karabiner hochriss, und er zog die Handgranate ab und warf sie in hohem Bogen in den Hof. Sie flog über die Gruppe hinweg und explodierte hinter den Soldaten.

Lolek hörte, wie die Kugel unter dem Fensterrahmen gegen

die Mauer klatschte, und er hörte das Aufdonnern der Handgranate und sah die Feuerhand über den Hof fegen.

Die Soldaten kamen wieder hoch. Es hatte nur einen erwischt, den man stützen musste, und es hatte auch Klein erwischt, der ächzend auf dem Boden lag und sich das Bein hielt.

»Mein Bein«, schrie er, »mein Bein! Holen Sie, um Gottes willen, einen Arzt.«

Die Soldaten sahen ihn prüfend an. Einer kniete nieder und untersuchte das Bein.

»Nur eine Fleischwunde, Herr Hauptmann«, sagte er, dabei schielte er zum Fenster hinauf und sah Loleks aufmerksames Gesicht.

»Ich verblute«, jammerte Klein, »Sie können mich doch nicht hier verbluten lassen.« Unter seinen Bewegungen begann die Wunde stärker zu bluten.

»Ich werde das Bein einstweilen abbinden«, sagte der Soldat, »bis wir einen Arzt bekommen. Hier ist nur das jüdische Spital.«

»Wenn schon«, keuchte Klein, »wenn schon. Dann holen Sie eben einen Juden. Glauben Sie, dass ich mein Bein verlieren will?«

Die Soldaten sahen einander an. Nur eine Sekunde lang.

»Sie können sich nicht von einem Juden behandeln lassen.«

»Was kann ich nicht? Alles kann ich, verstanden?« Klein blickte auf sein Bein, es wurde ihm übel, als er das Blut sah. Der Soldat versuchte ihn hochzuheben.

»Fassen Sie mich nicht an!«, schrie Klein.

»Vielleicht hat er noch eine Handgranate?«, sagte der Soldat. Klein sah Loleks gespanntes Gesicht am Fenster, und ganz plötzlich begann er zu toben.

»Holen Sie den Burschen herunter, sofort. Hören Sie, holen Sie den Burschen herunter. Schießen Sie. Machen Sie ihn mit dem Gewehrkolben fertig.«

Lolek nahm die zweite Handgranate. Sie lag kühl in seiner Hand. Er dachte an Wanda, und er sah ihr Gesicht deutlich vor sich.

»Nichts mit unserem Haus«, flüsterte er, »nichts. Du musst das Haus schon ohne mich bewohnen.«

Während die Soldaten näher kamen, fiel ihm sein Vater ein. Und einer seiner Lehrer. Wie klein war er damals, und zum Schulanfang hatte er Blumen mitgebracht und auf den Katheder gestellt.

»Mach uns keine Schwierigkeiten!«, rief der ältere Soldat hinauf.

Lolek lächelte. »Ihr habt uns schon genug Schwierigkeiten gemacht«, sagte er. »Und jetzt habt ihr Angst. Jawohl, Angst habt ihr, weil ihr Feiglinge seid. Alles, was ihr könnt, ist, gegen Kinder zu kämpfen. Das macht euch Spaß, was?«

Der Soldat antwortete nicht. Einem der Deutschen war es gelungen, das Tor zu erreichen. Die anderen versuchten, Lolek abzulenken.

»Das ist ein verdammt zäher Bursche«, sagte der ältere Soldat. Er fühlte sich wie im Schützengraben, und er hatte Lust, den Kopf einzuziehen und die Augen zu verdecken und nichts zu sehen und nichts zu hören.

Lolek hörte den Soldaten auf der Treppe, und er zog die Handgranate ab. Seine Hände zitterten dabei. Er sah den Koffer mit den Etiketten, und er sah den Soldaten durch die Tür stürzen, das Gewehr erhoben.

Lolek schleuderte die Handgranate gegen den Koffer.

Kleine Reise nach Bern, dachte er, schade, dass die anderen nicht mitkommen können, und er sah Michel vor sich und Patye und dachte, dass sie vielleicht bald alle wieder beisammen wären, in irgendeinem Keller im Himmel, und dass sie dann bessere Fluchtröhren bauen müssten und neue Wege finden, um sicherer über die Mauer zu kommen, und er war glücklich bei dem Gedanken an ihren Keller.

Die Explosion hob die Zimmerdecke hoch und ließ sie mit ganzer Wucht einstürzen, und das Haus neigte sich ein wenig vor und stürzte langsam in den Hof, eingehüllt in eine Wolke von Staub.

KAPITEL 21

21 Die Räumung des Spitals ging ruhig vor sich. Als die Deutschen vorfuhren, stürzten die Kranken an die Fenster. Sie sahen entsetzt, wie die geschlossene Reihe von Stiefeln Aufstellung nahm, wie die Stiefel durch die Bohnenbeete trampelten, ganz langsam, als wollten sie keine Pflanze am Leben lassen. Ein Offizier kam mit einem Dolmetscher in den Vorraum, und er grüßte höflich und zwinkerte Irena zu. »Wer ist der Arzt hier?«, fragte er. Er sprach ein hartes Polnisch, aber man verstand ihn gut. Er sah aus wie ein Turner aus einer Riege von jungen Leuten, und er hatte ein sympathisches Jungengesicht.

Irena deutete stumm zur Treppe. Lersek beeilte sich nicht.

»Sie sind der Arzt hier?«, fragte der Offizier höflich.

»Einer der Ärzte.«

Der Offizier streckte ihm zögernd die Hand hin. »Ich bin Jurist«, sagte er, »aber ich wollte auch einmal Medizin studieren.«

»So«, sagte Lersek. Neben ihm lehnte sich Pavel Kaufmann

gegen den Tisch und zündete sich langsam eine Zigarette an. »Die Henker sind da«, sagte er. »Wollen Sie gleich anfangen?«

Der Offizier sah an ihm vorbei. »Ich habe Befehl, das Spital zu verlegen.«

»Und wohin?«

Er zuckte bedauernd die Schultern.

»Gut«, sagte Lersek, »brauchen Sie mich dazu? Oder soll ich als Erster einsteigen?«

»Sie haben vermutlich eine Arbeitskarte?«

»Natürlich.«

»Aber Sie wissen doch, dass es die Leute beruhigen wird, wenn Sie den Transport mitmachen?«

Lersek lächelte. »Sie können tun, was Ihnen beliebt.«

»Schlechtes Theater«, sagte Pavel, »Jan, was sagst du dazu? Ist das nicht schlechtestes Theater?«

»Ich verstehe Sie nicht«, sagte der Offizier, und der Dolmetscher redete auf ihn ein.

»Sie verstehen sehr gut«, sagte Pavel. »Sie kommen hierher als Henker. Benehmen Sie sich doch auch als Henker. Schlagen Sie mit dem Gewehrkolben, nehmen Sie die Kranken und werfen Sie sie aus dem Fenster. Aber seien Sie, um Gottes willen, nicht liebenswürdig. Das ist zum Kotzen.« Der Offizier blickte ihn hilflos an. »Sie haben vermutlich auch eine Arbeitskarte?«

»Nein«, sagte Pavel, »warum auch? Lenken Sie nicht ab. Ich bin Maler, und das ist nicht der Beruf, den man im Krieg brauchen kann. Und sonst bringe ich Tote zum Friedhof. Das kann auch ein anderer.«

»Dann tut es mir Leid«, sagte der Offizier hilflos.

»Nichts tut Ihnen Leid«, sagte Pavel, »und wenn, dann ändert das auch nichts. Wir wissen, was wir von Ihnen zu erwarten haben. Und Sie wissen, dass Sie nichts zu lachen hätten, wenn wir ein paar Maschinenpistolen hätten oder ein paar Handgranaten.«

Der Offizier war dunkelrot geworden. Er biss die Lippen zusammen.

»Geben Sie jetzt die Anweisungen«, sagte er knapp, »Sie haben fünfzehn Minuten Zeit.«

»Es sind Leute dabei, die nicht transportfähig sind«, sagte Lersek, »interessiert es Sie, dass diese Leute den Transport nicht überleben werden?«

»Warum sollte es ihn interessieren?«, fragte Pavel. »Wegen der paar Menschen, mit denen er sein Gewissen belastet?«

»Es tut mir ...«, sagte der Offizier hastig, brach aber sofort ab. »Ich warte draußen.« Er ging hinaus. Es war ganz still im Raum. »Dann werde ich das Nötige veranlassen«, sagte Lersek. Sie hörten ihn draußen laut sprechen.

»Irena«, sagte Pavel leise.

Sie schüttelte den Kopf. »Nicht jetzt«, sagte sie.

»Wahrscheinlich ist es das letzte Mal, dass wir allein sprechen können«, sagte er.

Sie sah ihn tapfer an. »Wir haben einander alles gesagt, was wir sagen wollten«, sagte sie.

»Tut es dir Leid, dass wir geheiratet haben?«

»Es war eine wunderbare Zeit«, sagte sie. »Trotz allem.«

Lersek wurde mit den Leuten nicht fertig. Sie saßen still da, und manche hatten die Augen geschlossen.

»Sie wollen nicht fort«, sagte Lersek, »sie gehen nicht. Seien Sie vernünftig«, sagte er laut. »Sie müssen jetzt vernünftig sein.«

Aber sie reagierten nicht. Die Deutschen kamen in das Gebäude. Der Geruch machte sie unsicher. Sie hatten Angst vor dem Typhus und Angst vor der Ansteckung und Angst vor den Kranken. Sie hatten sich an Schützengräben gewöhnt und an Bombenangriffe, aber nicht daran, Kranke aus Spitälern zu bringen.

»Tun Sie etwas«, sagte der Offizier, »sonst müssen wir sie mit Gewalt hinausbringen. Ich habe meine Befehle.«

»Befehle«, sagte Pavel Kaufmann verächtlich, »verstehen Sie nicht, dass diese Leute hier zu Hause sind? Und dass es ihr allerletztes Zuhause ist? Wenn man sich daran gewöhnt hat, an einer bestimmten Stelle zu sterben, dann ist man nicht so leicht umzustimmen.«

Sie standen, und nichts geschah. Die Kranken hockten auf ihren Betten. Manche beteten. Vor dem Haus hörten sie die ruhige Stimme Rebekkas.

»Da wären wir also alle beisammen«, sagte Pavel grimmig. »Dann tun Sie eben, was Sie nicht lassen können.«

Und dann kamen die ersten Kranken auf den Korridor. Sie schleppten ihre Bündel mit sich. Als sie die Deutschen sahen, blieben sie erschrocken stehen und blickten zu Boden.

»Na also«, sagte der Offizier.

»Sie können sich bei Wanda bedanken«, sagte Lersek. »Wissen Sie, manchmal bringt ein halbes Kind mehr fertig als wir alle zusammen.«

Wanda ging von Bett zu Bett und redete auf die Kranken ein. Es war nicht viel, was sie sagte, aber sie standen auf, und sie taumelten ein wenig und blickten durch die Fenster auf die Lastwagen. Als der erste Raum leer war, kam Wanda heraus.

»Wir schaffen es«, sagte sie ruhig.

»Ich danke Ihnen«, sagte der Offizier. Wanda blitzte ihn an.

»Wofür?«, fragte sie. »Es wäre besser, wir blieben alle miteinander ruhig liegen, und Sie müssten uns erschießen. Einen nach dem anderen. Aber sie haben noch immer die Hoffnung, dass alles gut ausgeht.«

»Und Sie haben ihnen die Hoffnung gegeben?«

»Ja«, sagte sie. »Was hätte ich sonst tun sollen? Vielleicht geschieht ein Wunder, und ein Blitz fällt vom Himmel, und Sie werden alle erschlagen.« Sie beachtete ihn nicht weiter. Zusammen mit Rebekka brachte sie die Kranken zum Wagen.

»Bezeichnen Sie mir die Betten, wo die Transportunfähigen liegen«, sagte der Offizier. »Wir werden sie mit einem anderen Wagen führen.«

»Gut«, sagte Lersek.

Sie gingen zusammen durch das Spital, und sie redeten kein Wort miteinander. Die Betten sahen aus wie aufgerissene Münder. Sie hatten ihren Sinn verloren, aber heute noch würden Menschen aus den anderen Straßen kommen und das Bettzeug fortschleppen und in Bündel knoten und es so lange mit sich tragen, bis es wieder den Besitzer wechselte. Bettzeug war für sie eine Art Sicherheit, und sie schafften es nicht, sich von diesem letzten Stück Hoffnung zu trennen.

»Es ist mein erster Transport«, sagte der Offizier, als sie zum Tor zurückkamen, und er sprach mehr mit sich selbst. »Ich war ein Jahr lang zu Hause. Bauchschuss.«

»So«, sprach Lersek.

Das Spital war fast leer. Man trug Abrasha Blau auf einer Tragbahre heraus, und Dr. Henryk folgte ihm. Blau winkte Lersek zu. »Rückkehr zur Erde«, sagte er, »und ich dachte schon, sie würden mich nicht finden.«

»Das wär's«, sagte Pavel. Wanda und Rebekka kletterten auf den Wagen.

»Sie haben sich wirklich anständig gehalten«, sagte der Offizier.

»Noch eines«, sagte Pavel.

»Die Kuh.«

»Welche Kuh?«, fragte der Offizier verständnislos.

»Wir haben sie im Keller. Ihre Soldaten hätten es Ihnen schon gemeldet. Mein Kapital. Vielleicht könnten Sie so nett sein, sie zu erschießen.«

»Ich?«

»Ich bitte Sie darum.«

»Gut«, sagte der Offizier verlegen.

»Aber meine Frau muss dabei sein«, sagte Pavel, »und Dr. Lersek. Und Dr. Henryk und ich.«

»Meinetwegen«, sagte der Offizier unsicher, »aber machen Sie schnell.« Er winkte den Soldaten, Irena durchzulassen. »Das ist doch Ihre Frau?«

»Sie sind sehr scharfsinnig«, sagte Pavel, dann wandte er sich an Doktor Henryk: »Stimmungsvolle Abschiedsfeier! Dr. Henryk, würden Sie so nett sein, uns in den Keller zu begleiten?«

Henryk hatte eine kleine schwarze Tasche umgehängt. »Operationsbesteck«, sagte er entschuldigend.

»Vergessen Sie nicht, Ihren niedlichen Revolver zu laden«, sagte Pavel.

Der Offizier gab den Soldaten Anweisungen. Sie nahmen die Gruppe in die Mitte. Die Fahrer warfen die Lastwagen an.

KAPITEL 22

22 Die Kuh hob den Kopf, und ihre Kiefer begannen automatisch zu mahlen.

»Warum soll ich sie erschießen?«, fragte der Offizier.

»Dann ist mir wohler«, sagte Pavel. »Erstens brauchen sie dann die Nachbarn nicht zu schlachten, und zweitens habe ich nicht das Gefühl, mein Vermögen vergessen zu haben.«

»Wo haben Sie die Kuh bloß her?«, fragte der Offizier. Hinter sich hörte er die Soldaten tuscheln. »Was ist?«, fragte er scharf.

Der Sprecher war ein junger, schlaksiger Bursche.

»Wir hätten die Kuh gerne einmal angefasst.«

»Lassen Sie das«, sagte der Offizier scharf. Er zog den Revolver aus dem Futteral. Seine Hand zitterte ein wenig. Er war ein hübscher Bursche, und er war sicher ein eifriger Student gewesen. Sein Vater war Richter in Pension.

»Dann nehmen wir Abschied«, sagte Pavel, »Irena, sag deiner Kuh Lebewohl. Unser Hochzeitsgeschenk wird notgeschlachtet.«

Irena verdeckte die Augen.

»Ich möchte nicht zusehen«, sagte sie.

»Du hast schon mehr gesehen«, sagte Pavel. Lersek blickte den Offizier gespannt an, und er sah Pavels lauernden Blick.

»Auf Wiedersehen, Kuh«, sagte Pavel, »schön hast du es ja nicht gehabt. Man hat dich ins Getto gestoßen, und zu essen gab es auch wenig, aber für uns warst du immerhin ein Stück von draußen.« Er senkte den Kopf. »Dafür sind wir dir auch dankbar.«

Er lächelte. »Worauf warten Sie noch?«, fragte er.

Der Offizier setzte den Revolver an. Er zögerte und fühlte die Blicke in seinem Rücken. Dann schoss er. Die Kuh fiel zur Seite.

»Würden Sie die Kuh noch einmal untersuchen, Henryk?«, fragte Pavel.

Henryk kniete nieder und legte das Ohr an das Fell des Tieres.

»Sie ist tot«, sagte er.

»Dann können wir ja gehen«, sagte Pavel. Sein Blick kreuzte sich mit dem Lerseks. Sie verstanden einander. Der Offizier stand mit herabhängenden Armen, die Soldaten blickten verlegen zu Boden.

»Komm, Irena«, sagte Pavel.

KAPITEL 23

23 Der Güterbahnhof war schwarz von Menschen. Die Deutschen hatten an diesem Tage gute Arbeit geleistet. Und noch immer rollten Lastwagen an. Auf dem Geleise dampfte eine Lokomotive.

Sie lagerten am Bahnsteig. Es war wenig Platz. Die Menschen saßen auf ihren Bündeln oder auf dem nackten Boden. Es war ein kalter Tag, und die Sonne stand blass und unbeteiligt hinter den Wolken. Nach allen Seiten hin wurden sie bewacht. Die Soldaten hatten zwei Keile in die Menge geschoben und eine Kette gebildet. Von beiden Seiten her schrie man auf sie ein. Man entdeckte Verwandte und wollte zu ihnen hinüber. Mütter schrien nach ihren Kindern, aber sie wurden zurückgetrieben.

Eine Mutter kam ihrem Kind ganz nahe, sie konnten einander durch die Kette sehen, und sie schoben sich durch die Menge, bis sie ganz dicht beieinander waren. Die Soldaten zögerten, ob sie den Jungen durchlassen sollten, aber ein scharfes Kommando ließ sie enger zueinander rücken.

Die Leute aus dem Spital standen nahe an einer Mauer.

Früher war eine Kantine dort gewesen. Man hatte die Fenster mit Latten verschlagen und die Tür mit einer schweren Kette versperrt. Unter einem der Fenster hing noch das Schild:

Täglich zwischen zwölf und zwei Uhr warme Speisen.

»So also sieht das Ende aus«, sagte Pavel, »ein kalter Bahnhof und Soldaten. Und ein paar Stunden Warten. Dabei habe ich das Warten nie leiden können. Und ich wette, dass man sogar in der Hölle warten muss.«

»Es ist kalt«, sagte Irena. Sie zitterte am ganzen Körper. Pavel hängte ihr seinen Rock um, und sie sah ihn dankbar an.

»Du kannst meinen Rock haben«, sagte Lersek zu Rebekka, »willst du?« Sie lächelte und nickte und strich über den Hemdärmel an seinem Unterarm.

»Wohin, glaubst du, wird man uns bringen?«

»In ein Lager.«

»Wird es sehr schlimm werden?«

»Vielleicht. Hast du Angst?«

Sie nickte. Ein paar Männer schrien auf die Soldaten ein, sie schwenkten ihre Arbeitskarten und redeten ohne Pause, und noch immer hatten sie die wahnsinnige Hoffnung, alles sei nur ein Irrtum und man werde sie sofort nach Hause schicken und wieder in ihren täglichen Kolonnen zur Fabrik bringen. Der junge Offizier ging nervös auf und ab und schob jeden Augenblick den Mantel zurück, um auf die Uhr zu sehen.

»Warme Speisen«, sagte Pavel, »was sagt ihr dazu?«

Niemand antwortete. »Was haltet ihr zum Beispiel davon, wenn wir vier heute groß ausgingen?«

»Ihr könntet mich ruhig mitnehmen«, sagte Wanda nachdenklich.

»Meinetwegen auch du und Lolek. Wir gehen spazieren, durch die ganze Stadt. Dann gehen wir in ein Lokal, drinnen ist schon geheizt, und der Ober stürzt auf uns zu und nimmt uns den Mantel ab und verneigt sich dreimal, und wir setzen uns direkt neben den Ofen. Und er fragt, was wir zu essen wollen. Na, was wollen wir zu essen?«

»Butterbrote«, sagte Wanda, »ganz dick beschmiert.«

»Quatsch«, sagte Pavel, »für diesen Abend habe ich euch eingeladen. Da werden wir doch nicht gerade Butterbrote essen. Wir fangen mit der Suppe an. Oder mit einer Vorspeise. Salat und Schinken. Was sagt ihr dazu? Na, Lersek?«

»Wenn Rebekka will«, sagte er.

»Wieso ich?«

»Ich richte mich nach dir«, sagte er.

»Wir waren nie zusammen aus«, sagte sie.

»Hättest du es gern?«

Sie nickte. Sie fanden Gefallen an diesem Spiel. Die Deutschen trieben einen Mann mit Kolbenschlägen in die Reihe.

»Nach der Vorspeise«, sagte Pavel hastig, »werde ich den Ober bitten, noch Holz in den Ofen zu legen. Natürlich ist es ein ganz alter Ober, keiner von diesen jungen, und er hat viel Zeit, und er ist sehr würdevoll und verneigt sich vor den Damen und empfiehlt die Spezialitäten des Hauses. Und wir bestellen Braten. Und Wein dazu. Aber welchen?«

»Was du gerne magst«, sagte Irena zärtlich.

»Nur keinen Kartoffelschnaps«, sagte Pavel, »ich würde vorschlagen, Rotwein für die Damen und Weißwein für die Herren. Der Ober schenkt einen kleinen Schluck ein, und ich koste. Der Wein ist gut. Wir stoßen an.«

»Es wird gleich losgehen«, sagte Lersek.

»Was haben Sie früher immer getrunken, Henryk?«

Henryk überlegte. »Manchmal Burgunder.«

»Wir können auch Burgunder haben. Und wir essen ganz langsam. Und wenn man das Glas gegen das Licht hält, wird es durchsichtig, und die Welt verschwimmt, und es ist warm, und im Ofen knackt das Holz.«

Pavel fror, aber er sah, wie Irena lächelte und wie Lersek zögernd über Rebekkas Hand strich.

»Los«, sagte er, »Henryk, jetzt sind Sie dran.«

»Ich weiß nicht«, sagte Henryk, »was Sie hören wollen. Ich bin selten groß ausgegangen. Wir hatten in der Klinik so viel zu tun. Aber manchmal machten wir es uns in der Klinik gemütlich. Das ist gar nicht so unpersönlich, wie Sie denken. Wir saßen in meinem Zimmer und tranken Tee. Ganz heiß. Die Tassen dampften nur so. Und dann fiel uns immer etwas Lustiges ein. Aus der Studentenzeit und so. Sie können sich nicht vorstellen, was wir alles aufgeführt haben. Alle Nationalitäten hatten wir vertreten.«

»Auch Deutsche?«, fragte Wanda.

»Ja, auch Deutsche.«

»Und trotzdem war es gemütlich?«

»Trotzdem.«

Wandas Gesicht erstarrte plötzlich. »Lersek«, sagte sie hastig, »sehen Sie doch.«

»Was ist?«, fragte Lersek nervös.

»Schau nicht hin, Wanda«, sagte Pavel, »verdammt noch mal, wir werden nicht mehr lang so reden können.«

»Michel«, sagte Wanda, »da drüben ist Michel.«

Die ganze Zeit hatten sie daran gedacht, dass Michel zurückblieb, und nun war es ausgesprochen.

»Wo?«, fragte Lersek.

»Ich habe es gewusst«, sagte Wanda. »Da drüben. Das sind die Kinder, die bei Lolek im Keller waren. Alle, die noch übrig sind. Und Michel ist dabei.«

Die Soldaten schoben sich wieder vor. Man sah ihre glänzenden Stiefel. Der Offizier auf dem Perron rauchte.

»Ist Lolek dabei?«, fragte Lersek.

»Ich weiß nicht. Aber Michel ist dabei.«

»Dann ist es ja gut«, sagte Lersek.

»Was ist gut?«, fragte Pavel wütend. »Dass sie ihn auch erwischt haben? Seid ihr alle verrückt geworden?«

»Ich muss hinüber«, sagte Wanda. »Ich muss zu ihm. Er muss halb verrückt sein vor Angst.«

»Du kommst nicht hinüber«, sagte Pavel, »keine Maus kommt durch. Sie geben dir einen Tritt in den Bauch.«

»Ich muss hinüber«, sagte Wanda still. Sie reichte ihnen der Reihe nach die Hand.

»Vielleicht werden wir uns nicht mehr treffen«, sagte sie.

»Sag ihr, dass sie nicht gehen darf«, sagte Pavel wütend, »sie kommt nicht durch.«

»Auf Wiedersehen, Pavel«, sagte Wanda, »wir haben viel Spaß gehabt miteinander. Ich war sehr froh, dass ich bei euch sein durfte.«

Sie sagten nichts mehr. Jetzt erst sahen sie, dass Wanda fror in ihrem dünnen Kleid, durch das die Schultern eckig hervortraten. Wanda ging, ohne zu zögern, auf die Soldaten zu. Die Leute erkannten sie und standen auf. Eine Welle der Erregung ging durch die Menge. Die Menschen streckten die Köpfe vor, um besser sehen zu können.

»Das ist Wanda«, flüsterten sie.

Die Soldaten blickten ihr starr entgegen.

»Lasst mich durch«, sagte sie. Die Stimme flatterte über den Bahnsteig. Man hörte sie bis ganz nach hinten, und es wurde noch stiller.

»Lasst mich durch«, sagte Wanda bittend, »ich möchte zu meinem Bruder.«

Die Soldaten blickten Hilfe suchend auf den Offizier.

»Lasst sie durch«, sagte der Offizier scharf.

Wanda wandte nicht den Kopf. Die Soldaten wichen einen Schritt zur Seite, und die Menge dahinter ließ eine Lücke, in der sie verschwand.

Die Kinder blickten ihr freudig entgegen.

»Toll«, sagte Michel, »wie du das gemacht hast.«

»Wie geht es dir?«, fragte sie zärtlich.

»Sie haben euch also auch erwischt?«, fragte er. Sie nickte.

»Ist Lolek da?«

»Sie haben ihn nicht gefunden. Wahrscheinlich nicht.« Sie zitterte und bemühte sich, es zu verbergen.

»Haben sie dir wehgetan?«

»Nein«, sagte er unbekümmert. »Sie können mir nichts tun. Mir nicht und dir nicht.«

»Warum nicht?«, fragte sie mutlos. Der Bahnhof war kalt. Nur manchmal trieb der Wind von der Lokomotive warme Rauchschwaden herüber.

»Ich habe meine Heiligen. Du weißt ja, die von der Kirche.«

»Ach, die«, sagte sie.

»Sie sind stark«, sagte Michel heftig, »die machen alles. Die sehen nur so schäbig aus. Wenn ich hier niederknie und bete, dann machen sie ein Wunder.«

»Schon gut, Michel«, sagte sie.

»Du wirst gleich sehen«, sagte er zornig. Er kniete nieder, und die Kinder sahen ihn gespannt an.

»Hör auf«, sagte Wanda. Sie spürte, wie die Leute herübersahen.

»Liebe Heilige«, sagte Michel.

»Hör auf«, sagte Wanda heftig.

»Liebe Heilige«, flüsterte Michel, »macht bitte, dass ein Wunder geschieht. Ein ganz großes Wunder, das uns hier wieder herausholt.« Er hatte den Kopf tief gesenkt, und die Kinder wagten nicht mehr, ihn anzublicken. Die Lokomotive stieß dicke dunkle Wolken in die Luft.

»Nichts«, sagte Michel leise, »nichts. Aber vielleicht haben sie mich nicht gehört. Die Lokomotive hat einen so starken Lärm gemacht. Glaubst du, dass sich Heilige von einer Lokomotive stören lassen?«

Ein Trupp Deutscher machte Meldung. Die Soldaten standen stramm. Auf der Straße brüllte jemand einen Befehl, und Stiefel traten gegen den Boden.

»Wir könnten einstweilen etwas singen«, sagte Wanda leise, »nur, bis die Lokomotive aufgehört hat.«

»Gut«, sagte Michel, »wenn die anderen mittun. Aber nur, bis die Lokomotive aufgehört hat.«

Sie setzte mit ganz langsamer Stimme an, und die Kinder summten mit, und dann sangen sie, und ihre hellen Stimmen wehten weit hinüber über den Bahnsteig.

Sie sangen ihr Lied von den Blumen und den Schmetterlingen und dem Wind, der die Blumen in den Schlaf wiegt.

Die Soldaten und Eisenbahner standen ganz still, und ihre Gesichter waren weiße Flecken.

»Sie weinen«, sagte Lersek einmal.

Pavel schluckte. »Na und?«, fragte er.

»Die Deutschen«, sagte Lersek.

Sie sahen hinüber mit einem schnellen, unruhigen Blick, und sie sahen die Soldaten, die noch immer strammstanden und denen die Tränen über ihre Gesichter rannen.

Die Kinder sangen. Es war ein helles, fröhliches Lied von Wiesen und Schmetterlingen.

NACHWORT

Die Wahrheit über das Warschauer Getto

Am 15. November 1940 wird das Warschauer Getto errichtet. In einem kleinen Gebiet von etwa 403 Hektar drängen sich 400 000 bis 500 000 Juden zusammen, die hier in Wirklichkeit als Gefangene leben. Der Judenrat des Gettos gibt an, dass ungefähr 110 000 Personen einen Quadratkilometer bewohnen. Die Bevölkerungsdichte der Stadt Warschau beträgt damals 14 400 Personen pro Quadratkilometer. Man stelle sich vor: ein Viertel der Bevölkerung Wiens sei auf vier Quadratkilometer zusammengepfercht. Aber diese vier Quadratkilometer sind von einer drei Meter hohen Mauer und

Stacheldraht umgeben. Innerhalb dieser Mauer wüten Hunger und Seuchen. Die meisten Menschen haben keine Arbeit, kein Einkommen und oft auch kein Dach über dem Kopf. Täglich werden neue Menschen in das Getto gebracht. Außerhalb der Mauer stehen schussbereite Wachtposten, gehen die Patrouillen mit Maschinenpistolen, stechen in der Nacht die Strahlen der Scheinwerfer in die Dunkelheit. Niemand darf das Getto ohne Bewilligung verlassen ...

Im Jahre 1941 sterben im Getto 44 630 Menschen. Die meisten von ihnen verhungern. Aber den Nazimachthabern arbeitet der Tod noch viel zu langsam. Ausrottung, Tod für Millionen ist ihr Ziel.

Sie gehen planmäßig an ihr Werk.

Über dem Getto liegt während dieser Zeit dumpfe Todesahnung. Schon am 22. September 1941 veranstalten die Deutschen einen Pogrom, als ihnen der Judenrat die sofortige Auslieferung von fünftausend Menschen für das Arbeitslager verweigert. Einen ganzen, furchtbar langen Tag dauert die Menschenjagd.

Im Sommer 1942 ordnet man die Entfernung der Juden aus dem Warschauer Getto an. Am 22. Juli setzen die »Umsiedlungsaktionen« ein und dauern bis zum 3. Oktober. 310 000 Menschen werden während dieser Zeit aus dem Getto entfernt. Anfangs gehen die Deportationen ohne Schwierigkeiten vor sich, denn die Behörden geben jedem Gettobewohner, der sich freiwillig zur Aussiedlung meldet, 3 kg Brot und 1 kg Marmelade. Bald aber schöpfen die Juden furchtbaren Verdacht. Es dauert nicht lange, und sie wissen es: Ihre ausgesiedelten Leidensgenossen gehen einem grauenhaften Schicksal entgegen, dem Gastod. Der Vorsitzende des Judenrates, Adam Czerniakow, will dieser Mordaktion nicht länger Hilfsdienste leisten und tötet sich. Nun müssen die Menschen mit Gewalt zu den Sammelstellen geschleift werden. Rollkommandos der SS prügeln, schreien, zerren Kranke aus ihren Betten und treiben Kinder wie Herden vor sich her.

Alle diese Opfer kommen in das Konzentrationslager Treblinka. Als sie aus den Zügen ausgeladen werden, sagt man ihnen, dass sie baden und sich reinigen müssen. Sie gehen in große, dicht abgeschlossene Kammern. Dort werden sie durch Giftgas getötet ...

Aber noch leben 60 000 Menschen im Getto. Sie leisten Sklavenarbeit in den Rüstungsfabriken und sind entschlossen, sich nicht ohne Widerstand fortführen zu lassen. Schon früher ist es einzelnen Verwegenen gelungen, Pistolen, Gewehre, sogar Maschinengewehre über die Mauer zu schmuggeln. Sie bestechen deutsche Soldaten und sind nun bereit, sich mit Waffen zu verteidigen. Als Himmler im Jahre 1943 Warschau überraschend besucht, befiehlt er die vollständige Räumung des Gettos. Da flackert der erste Widerstand auf. Die Nazis wissen nun, dass sie es mit einem ernsten Gegner zu tun haben.

Am 19. April 1943 setzen mehr als zweitausend Mann der SS, der Waffen-SS beziehungsweise Wehrmacht zum Angriff auf das Getto an. Panzer, Geschütze und Flammenwerfer gehen in Stellung. Die Aktion steht unter dem Kommando des SS-Brigadeführers und Generals der Polizei, Jürgen Stroop. In drei Tagen wollen die Truppen das Getto räumen. Vier Wochen soll es dauern, bis das letzte Haus gesprengt ist, der letzte Unglückliche sich ergibt oder in die Flammen springt.

Die Juden im Getto sind zu allem entschlossen. Sie haben Bunker gebaut, sich in Häusern und Kanälen verschanzt. Sie haben nichts mehr zu verlieren. Und so werden die schwachen Juden zu heldenhaften Kämpfern. Die SS-Männer auf der anderen Seite können das nicht verstehen – ihnen hatte man eingetrichtert, dass Juden nur feige und unterwürfig seien. Plötzlich kämpfen diese Juden wie die Rasenden um ihr Leben. Niemals werden die wenigen überlebenden jüdischen Widerstandskämpfer den Entsetzensruf der Soldaten vergessen, die zuerst von ihnen beschossen werden: »Die Juden haben Waffen!«

Ein Flugblatt gibt die Stimmung im Getto wider: »Erwache, Volk, und kämpfe um dein Leben! Jede Mutter werde zur Löwin, die ihre Jungen verteidigt. Kein Vater sehe mehr ruhig auf den Tod seiner Kinder! Die Schande des ersten Aktes unserer Vernichtung soll sich nicht mehr wiederholen!«

Als die Deutschen den Widerstand nicht brechen können, zünden sie das Getto an. Nun beginnt der Auszug der letzten Tausend, dieser Schar, deren Leid über jede menschliche Kraft geht. Geheimsender der polnischen Widerstandsbewegung, englische Sender danken den Warschauer Juden für ihren Widerstand. Aber welche Menschen empfangen diese Glückwünsche! Manche werden irrsinnig und rennen in die Flammen. Immer noch gibt es welche, die durchhalten. Männer, Frauen und Kinder kriechen aus den unterirdischen Verstecken, beladen mit Resten von Lebensmitteln, Decken und Kochtöpfen. Mütter tragen ihre Säuglinge.

Es ist Frühling in Warschau. Aber die Kinderaugen sehen nur die in den Flammen zusammenstürzenden Häuser. Beißender Qualm erfüllt die Luft. Die SS-Truppen warten am Rande des Gettos auf das Ergebnis ihres Werkes.

Als die Bunker nicht mehr zu halten sind, gehen die Widerstandskämpfer in die Kanäle. In einem Bunker sind hundertzwanzig der besten Kämpfer verschanzt. Als die Nazis sie nicht überwältigen können, lassen sie Gas einströmen. Da töten die Widerstandskämpfer einer den anderen. Sie wollen weder durch Gas sterben noch den Deutschen in die Hände fallen. Andere springen freiwillig in die Flammen. Die SS nimmt fast nur Frauen und Kinder gefangen.

Zuletzt lassen die Zerstörer auch in die Kanäle Giftgas einströmen. Trotzdem gelingt es einigen Gruppen, zu entkommen und sich mit Widerstandskämpfern außerhalb des Gettos zu vereinigen. Ein Lastwagen mit bewaffneten jüdischen Kämpfern fährt am 12. Mai 1943 mitten durch das von den Nazitruppen besetzte Warschau. Von den wenigen Gefangenen sind uns Bilder überliefert, wie sie mit hoch erhobenem Haupt zum Sammelplatz gehen. Sie scheinen ungebrochen. Sie haben sich verteidigt, sie stehen turmhoch über den Mördern. In der Nacht zum 16. Mai 1943 ist alles zu Ende. SS-General Jürgen Stroop sendet seinen letzten Kampfbericht an seine Auftraggeber: »Das ehemalige jüdische Wohnviertel Warschau besteht nicht mehr. Mit der Sprengung der Warschauer Synagoge wurde die Großaktion um 20.15 Uhr beendet ... Gesamtzahl der erfassten und nachweislich vernichteten Juden, Banditen, Untermenschen beträgt 56 065.«

Er hatte so viel Blutschuld auf sich geladen, dass er nach dem Krieg von zwei Gerichtshöfen zum Tode verurteilt wurde. Am 8. September 1951 wurde er in Warschau gehängt.

Für viele war er damals schon vergessen. Aber das Leid so vieler Unschuldiger darf niemals vergessen werden.